おまじない

幸福咒語

西加奈子——著
蘇文淑——譯

願重要的言語，

能傳達給翻開本書的你。

西加奈子

燒

以前我從來沒穿過裙子。

我不喜歡那些褲腳有花邊或蝴蝶結設計，看起來就很像小女生穿的可愛褲子，我喜歡而且真正拿來穿的是上頭兩個年紀大我很多的哥哥淘汰不要的褲子。尤其是大哥那件破爛的黑色牛仔短褲（有點龐克）跟二哥那條側邊有兩條白邊的運動褲（這件有點嘻哈）。

每次看我這樣穿，我媽總是笑。但跟我們同住的外婆會擺出一張臭臉（一種以絕妙比例混雜了「嫌惡」與「失望」的表情，看起來就好像是忽然收到陌生人送來了一份牛糞）。

「小景，妳是女孩子，要穿得更像女孩子一點。」

外婆總是在只有我們兩個人的時候這樣跟我這樣說，在她那間位於客廳旁的和室房裡。那間房裡總是飄散著一種水蜜桃的甜香，日照也很棒，可是外婆並不喜歡。

「不要以為老人家都喜歡榻榻米。」

我外婆總是打扮宜人，她會穿上胸前點綴著優雅蕾絲的紫藤色洋裝或是恰恰好合身的霞紅色貼身裙，指甲塗得漂漂亮亮，就算在家也會戴上大耳環，不管天氣再怎麼冷都不穿長褲，更別提我那種男孩子氣的褲款了。

我媽則跟她完全相反。她總是穿著大一號的牛仔褲，胡亂紮條皮帶，頭髮剪得短短。別說像我外婆那樣修整指甲了，我所知道的她根本連口紅也不搽。我媽總是一口咖啡、一口菸，張嘴大笑時連最裡面的臼齒都看得見，感覺她根本就是把當個「男人婆」視為一生志向。

我喜歡把自己打扮得像個小男生的行為很令我媽開心，但我上面那兩個哥哥稍微表現得「肌肉男」一點（以我媽的說法），她就一臉不快。她那種不快的表情就跟我外婆給我看的臭臉像得要命，就是突然有人送你一坨牛糞時，你會有的那種臉。

「以後這社會上男生女生都一樣啦，什麼男孩子就要像個男孩子、女孩子就要像個女孩子，蠢死了！」

我媽跟我外婆完全是天南地北兩種類型，雖然每晚一起吃飯，她們兩個從沒正眼瞧著對方說話過。我沒有爸爸，他在我牙牙學語的時候就離家出走了。我媽把他的照片全都扔得一乾二淨，所以我也不知道他長什麼樣子，也沒問過我媽或我外婆，我爸是個什麼樣的人。

「妳至少把頭髮留長嘛。」

外婆這麼央求，所以我一直留著長髮，這是我全身上下唯一一個「很女孩子」的地方。這件事，我媽算是勉為其難地認可吧。我這一頭長髮，可以說是我媽跟我外婆的停戰區。

留到肩胛骨那麼長的頭髮總是被我粗魯綁起，有時我還會刻意弄亂。有一次，洗澡時有隻蟲子從頭髮裡面掉下來，還惹得我媽拍手叫好。

我的玩伴總是男孩。在一群男生裡，我也是孩子王。要是有人想爬到我頭上，我一定會要他好看，我個頭高，手長腳長，可以把籃球扔得最遠、爬樹爬得比任何人都高。帶頭把蝴蝶抓來殘忍殺死的小孩是我（把翅膀埋進沙中，用翹翹板撞碎），用最狠毒的話痛罵怪叔叔的人也是我（我罵過最爽快的一個詞是「死麥克！」，雖然我也不知道那是什麼意思）。

小男生總是跟在我屁股後面等我發號施令。如果有人膽敢扯我那一頭很女孩子氣的長髮，我一定會把那個人揍到連旁邊的人都哭出來的。看見我那樣，我媽當然也是放聲大笑。

升上小學五年級時，外婆住院了。

一開始只是去住院檢查。她跟我說她肚子好像一直有點怪怪的時候，人其實也滿清瘦的，可是一去住了院之後，整個人就像青菜枯萎一樣完全消了風。

我媽跟我每天都去探病，有時候兩個哥哥的其中一個也會一起去，不過不會待太久。大哥正沉迷於橄欖球，二哥則沉迷棒球，我媽看他們兩個人這樣，當然也擺出了那張「臭臉」。

外婆進了病房還是照樣塗口紅，她擺在枕邊的小包包裡塞滿了化妝品，連病房裡也飄散著那股香甜味。她的耳垂瘦了，耳環老是掉下來，所以她說想要穿耳洞，但我媽沒理她，於是外婆便把掉下來的耳環當成墜飾掛在胸前。

外婆住院的那陣子，我的胸部也忽然開始發育。真的是非常突然。其他女生都還是太平公主，只有我一個人膨了起來，感覺很丟臉。隨著胸部開始長大，身體也忽然開始長肉了，穿上短褲後的大腿顯得很肉感，穿上小男生的T恤則會發現上臂的地方緊緊貼著袖口。

也就是從那陣子開始，有人會稱讚我長得「可愛」。一開始是住在我家附近的婆婆媽媽們。

「小景，妳愈來愈可愛了耶！」

我過了一陣子才發現她們說的不是小孩子的那種「可愛」，當我意識到這一點時，那一陣子同學們對我的態度也起了變化。女孩子會自動聚集到我身旁，拿起有粉紅或紫色亮片的梳子不由分說地就開始幫我梳頭髮，男孩子則不曉得為什麼一天到晚跟我眼神對上，一對上後就好像很害羞地趕快轉開頭，甚至連以前被我揍得很慘的小男生也這樣。

「要不要穿裙子去呀……」

有一天，這麼說之後，我媽一直瞅著我瞧，但她沒有擺出向來那張「臭臉」，儘管整個人顯得有點緊繃。

「妳想穿裙子給外婆看啊？」

我挑了一件藏青色的簡單款式的裙子，穿上太「女孩子氣」的衣服還是會讓我感到不自在。

儘管如此，到了醫院，外婆見到後還是喜出望外。她用（孱弱得驚人的）像小樹枝一樣的手臂緊緊攬住我，一直幫我梳頭髮梳到她累得睡著為止。我那一頭長髮因為天天梳，已經梳到發亮了，感覺就快散發出我外婆身上那種香甜味，於是我們班女生更加著迷我那一頭長髮。

裙子這種東西，不管款式再簡單，一穿上似乎就不太適合搭配小男生的T恤。於是我改搭配軟襯衫，這麼一來，胸部的地方便有點透，於是我又穿上運動胸罩，又怕胸罩的線條被人看到，於是便把長髮放下來。

左看右看，我都是個「小女孩」了。

外婆在病房裡展露歡顏的時候愈來愈多（多到彷彿她從來沒給我看過臭臉）。雖然她整個人愈來愈瘦，跟醫生講話的我媽眼睛下方的黑眼圈愈來愈深，但外婆看見我時那張雀躍的臉令我感覺很自豪。

「好可愛哦——！」

外婆開始會把我跟我媽的名字喊錯。

「麻紀真的好可愛！」

那一年，我第一次沒在運動會上拿到賽跑冠軍。

「好可愛啊——」

那個人一碰到我時就這麼說，在放學回家的路上。

那天我究竟為什麼會跟平常不一樣，自己一個人走在公寓住宅區的外圍街道呢？

「第二名哦，跑跑？」

那個人說「跑跑」。他講的意思是「賽跑」，好像小孩子。可是小孩子是我，他應該已經是大人了吧？由於逆光，看不太清楚長相，可是他個頭高高、頂上無毛，還留了一臉亂七八糟的鬍子，感覺好像把那張臉倒過來，看起來也應該還會像是一張臉，是那樣的長相。

「真可愛呀。」

那天回家後，我媽一看見我的裙子，馬上通知了警方。

我全身上下被脫個精光，徹頭徹尾檢查仔細，又像根牛蒡一樣地被上上下下用力搓洗乾淨。我的裙子上，沾了男人的「那個」（按照我媽的說法），像個什麼印記一樣。

我媽粗暴地搓洗我的身體，不時放聲大吼。

「妳看吧——！」

我靜靜隨便她洗，沒有說「媽，很痛耶，妳不要這麼大力啦！」，後來身體一連刺痛了好幾天。

學校把全校師生都召集起來。我發生了這種事，我媽不是會悶聲不吭的那種人。老師雖然只提到是「我們學校的學生」，但大家後來都知道是我，一邊在我身邊大聲議論運動會時有個很噁心的男人跑來，公寓住宅區旁邊有個精神有問題的歐吉桑在那裡亂晃，一邊安慰我說：

「太可憐了！」

沒有抓到那男人。

我又開始穿回褲子，因為我媽說——

「不要讓男人產生奇怪的想法。」

那件裙子被扔了。其實不是被扔，而是被燒掉。我媽在院子裡，把它跟其他垃圾一起燒了。

我已經不穿我哥留下來的褲子，那件龐克風的牛仔褲跟那件嘻哈風的運動褲都被我媽給燒了。大哥因為要專心練橄欖球而搬去了宿舍，二哥則是放棄了棒球，但染了一頭金髮，很少回家。我媽開始把他們兩人留在家裡的東西都拿來燒掉。

「既然丟在這裡，就表示他們不要了！」

她完全迷上了「焚燒」這項行為，像是著魔於把一切不要的東西都燒個精光，將所有一切都化成灰。

每天我放學回家，就看見院子裡燃著煙。那是我媽正在生氣的證明。從那一天起，她每天都在生氣，一直都很憤怒。她氣發生在我身上的事，也氣還沒有抓到那個男的，但不只是這些，她感覺好像對於所有一切都很憤怒。

有一天，我一看院子，發現我媽連還沒死的外婆的衣物都拿去燒了。家裡愈來愈乾淨。

我的衣櫥裡擺著新褲子——寬管牛仔褲、卡其色工作褲。外婆並不知道我身上發生了什麼，因為那陣子我去醫院時，通常她已經認不得我是誰了。

一開始，之所以會注意到後面那個叔叔是因為他在燒東西。整個課堂上，恐怕只有我被窗外冉冉飄上來的白煙嚇一跳吧。我往煙飄來的方向望去，只看到一個校工叔叔正往焚化爐裡不曉得在燒些什麼。

沒有人知道校工叔叔真正的名字，學生們都管他叫「後面那個叔叔」，但那個叔叔看起來根本像個爺爺。

他通常都待在中庭裡（為什麼會叫他「後面」那個叔叔呢？明明就在中庭）。他那樣的人應該也要照顧花圃跟小白兔吧，不過他通常都待在焚化爐那邊，什麼都燒。影印紙、廢棄不用的木椅、被忘了好幾年的衣服或落葉、枯爛掉了的絲瓜藤。我真不敢相信我之前從來沒有注意到那白煙，那煙，明明就輕飄飄地一路往上飄呀飄呀，飄上我們的三樓。

我總是從窗邊望著那叔叔。還好我的座位就在窗戶旁，真是太好了。我就算上課不專心，老師跟同學也不會怪我，我還是那個「可憐的小孩」。待在「

裡的我總是安安靜靜，只要待在那裡頭就很安全，大家除了朝我投來同情的一瞥之外，沒有人會管我究竟在幹什麼，「」的作用無限大。

有時我感覺自己好像待在一個透明的玻璃盒子裡頭。聽起來很沒創意，可是真的就是這麼感覺。好像待在水底下一樣，大家的聲音聽起來都好遙遠。男孩跟女孩，跟我的眼神對上後馬上會以各自的方式轉開，男生通常還會羞紅臉。

我瘦了很多，但胸部沒有變小。跟同年齡的女孩相比，我看起來肯定很早熟吧。

每天，我都從窗邊望著叔叔。

那個叔叔總是在燒些什麼。東西多到都快讓人佩服起來怎麼有那麼多東西可以燒呀？他真的一直在燒各式各樣的東西。

我著迷地看著他工作，啊——那東西一定燒不掉啦，那東西不可能吧？但連這麼想的東西他都可以乾淨俐落地把它們化為白煙。

在燒東西這件事上，叔叔做的跟我媽完全一樣，可是看起來截然不同。如果說我媽像是在懲罰什麼一樣，叔叔就像是在寬慰什麼一樣。

焚化爐像個張開血盆大口的妖怪，叔叔則是馴妖人，溫柔地獻上祭品馴服這妖物。

我漸漸無法滿足於只能從上面看，於是有一天跑下樓，到中庭坐在焚化爐後的花圃邊上一直盯著叔叔。我沒跟他講話，反正我也沒什麼話要跟他講，只是想看他在幹嘛而已。

叔叔也沒看我。有時候他會在旁邊放著的一把摺疊椅上坐下來抽抽菸（他連點菸都用焚化爐點，讓我每次都很擔心他會燒到自己，可是他卻像施了魔法一樣，把菸頭往焚化爐一靠近就點燃了），但連這樣的時候他也不會看我。

我是第一次碰到有人這樣完全**不看我**。

大家雖然最後會把眼神轉開，可是至少會看我一眼。有些大人會用驚詫的目光盯著我，有些小女孩會友善地對我笑，也有些小男生會眼睛水靈靈地瞅著我看，可是就這個叔叔，連看也不看我一眼。

我想他應該不是沒注意到我的存在，因為我有時候會被煙嗆得咳嗽，傍晚時，夕陽也會把我的影子拉到他腳邊。

叔叔沒看我的原因，大概跟那些男生的大人們不一樣吧。自從那起事件後，男的大人們都不跟我們小女生講話了。因為那個男的還沒抓到，他們大概是怕萬一眼睛對著小女生的時間稍微久了一點，小女生大喊大叫起來就完蛋了，大概是那麼想吧？所以現在男生的大人們一看到我們小女生就逃之夭夭。

但叔叔不看我的原因大概不是那樣。雖然我沒跟他講過話，但我幾乎可以斷定他不是那麼沒膽子的大人。

所以那天他問了我那句話時，我並沒有嚇一跳。

「妳有什麼東西想燒嗎？」

叔叔沒有看著我問，但我知道他是在對我說話，因為中庭裡就只有我們兩個人。我已經連上課時間都敢大大方方離開教室了，只要一說我不舒服，老師馬上會讓我去保健室，就算知道我沒去保健室而是跑去中庭，也不會多說什麼。我不知道老師是怎麼跟其他同學講的，連我自己也覺得這麼做好像不太好。

「燒？」

我問。

「對呀，妳有什麼東西想燒的嗎？」

叔叔又耐心地問了一次。他沒問我為什麼沒去上課，我覺得這樣很好。更好的是他也沒說什麼今天天氣真好啊之類的屁話，只是明明白白地問我有什麼事去那裡而已。我覺得他好像把我當成一個大人來對待（而且他跟我講話的時候也很客氣，讓我很開心）。

「想燒的？」

「對。」

他並沒表現得特別親切，可是那種有點冷的態度，反而令我覺得不會太生疏。

我把手伸進口袋，掏出了一團皺巴巴的已經硬得像顆核桃那麼大的面紙。這麼窮酸的東西讓我覺得很丟臉，可是叔叔只是輕輕點了點頭，讓我又升起了勇氣。

「要燒這個嗎？好。」

這時候我才第一次仔細看了他的臉。他有一對很大的眼睛，就像人家說的那種「金魚眼」，可是看起來一點也不可怕。他的臉上布滿了直直橫橫無數深刻的皺紋。

叔叔把那團小面紙仔細小心地放入焚化爐中。雖然那麼小一團，他並沒有用扔的。我的那團面紙於是以一種至今為止可能沒有其他面紙經歷過的溫柔方式被燒掉了。

之後我每天都會拿點什麼東西去給叔叔燒。營養午餐吃剩的麵包（他不會說「真浪費」的這點也很讚）、寫壞的書法字（「朋友」這兩個字）、斷掉的髮圈（在書包底部發現）。跟他每天燒的那些物品比起來，我的真的很寒酸，可是他不會因此而看不起我，我一去，他一定會像當初第一次問我時那樣說，

「妳有什麼東西想燒嗎？」

絕不會說些「妳今天也來啦？」這樣戲謔的話，對於焚燒這件事，他可是表現得很專業。

他知不知道「那件事」一點也不重要，重要的是，他完全不會把我放進「可憐的小孩」那個括弧裡面。對於我，他只把我當成一個每天都會拿點什麼去

燒的人，以禮相待，而我也對他保持禮貌。我不會多講廢話，也不會自輕自賤地擔心自己的東西能不能燒，在焚燒這件事上，一切交給叔叔就對了。

「妳有什麼東西想燒嗎？」

開始去找後面的叔叔以後，第一次碰到下雨。

叔叔當然不是會因為下雨天就不燒東西的人，他穿上黑雨衣，小心著不讓焚化爐裡的火熄了。

我撐著一把傘。以前我以為雨衣是年紀很小的小孩子才會穿的，沒想到叔叔穿起來也很好看，反而是撐著傘的我好像是個過度謹慎的小孩子一樣（雖然我實際上就是小孩）。

「妳有什麼東西想燒嗎？」

那一天，我什麼想燒的東西也沒帶就去了，可能因為是下雨天吧，人變得比較放鬆。

那裡應該是沒有東西要燒也可以去的地方，可是那時候我覺得很丟臉，居然沒有東西要燒也跑去，對那麼專業的叔叔來說，真是太失禮了。

「對不起……」

我道歉。叔叔聽了瞅著我的臉看，他那張臉真的滿是皺紋。

「我沒有什麼東西要燒。」

「是嗎？」

他繼續直視著我。我已經好久好久沒被大人這樣筆直注視了。

「妳沒有必要道歉。」

他說。

「沒有東西要燒，又何必硬找東西燒呢。」

說完輕輕轉過身去，繼續專注在工作上，彷彿我打一開始就不在那裡一樣，繼續專心燒他的東西。

雨點打在覆蓋在他頭上的雨帽上，打在了我的小傘上。

雨聲滴滴答答。打在傘上、落在地面上的雨聲愈來愈大了。

「話呢？」

我一說，叔叔的手停了下來。我好希望他能繼續看著我，更仔仔細細看著我。我的心願如願以償了，叔叔轉過來。

「『話』這種東西也可以燒嗎？」

他很認真思考了好一會兒，臉上沒有聽不懂我在說什麼或輕視我的表情，更沒有那種「臭臉」。

「『話』，是嗎？」

「對，『話』也可以燒嗎？」

我沒等叔叔回答就搶在他說些什麼之前繼續說下去。

「妳看吧——！」

我感覺雙腿內側開始發冷。不是因為下雨，畢竟在焚燒爐旁連下雨時也很溫暖。

「『妳看吧——！』這句話可不可以燒掉？我穿了裙子，可是啊，碰到很奇怪的人。他說我好可愛，然後，我媽就……」

說到這兒時我停了下來，我覺得提到我媽好像不太公平，而且我怕我繼續講下去的話會哭出來。

「很遺憾，話語這種東西是燒不掉的。」

叔叔說。雨水沿著他的雨衣帽緣淅淅瀝瀝滑下來。

「沒有形體的東西燒不掉。」

他看起來好像比我更難過，好像從很久很久以前，他就為了沒辦法把無形的東西燒掉而哀傷。

「是嗎？」

雨與煙霏籠罩著叔叔，讓他看起來好像在霧中。

「對不起，真的想燒掉的東西卻……」

他說到這兒咳了一下。

「燒不掉。」

說了這幾句話，讓他從原本專業的框架裡頭跨出來了一點，往我這邊靠近了一點。原本他是最不會隨意開口、講話最謹慎的人哪。

「想燒掉的東西……」

我冒的汗比叔叔還多。從額頭上、從鼻尖上、從我腋下與雙腿之間。

「是，很抱歉幫不上妳的忙。」

汗流個不停。我想起了我媽。想起她焚起憤怒的煙，想燒盡所有一切的神態。

「我媽……」

我心臟撲通撲通狂跳，劉海濕成了一片。

「一定覺得都是我不好。」

我的拳頭裡握著我媽那句「妳看吧——！」沒有形體卻無比冰冷的話，讓我的手開始顫抖起來。

妳看吧——！

我知道，我知道她說那句話是什麼意思。

我說我要穿裙子給外婆看，其實是自己**想打扮得可愛**一點。我想穿裙子，我覺得裙子很可愛，我喜歡大家都覺得我可愛。

妳看吧——！

那天我違背了我媽的期待，打扮得很女孩子，沾沾自喜地沉醉在別人誇讚我可愛的喜悅中，所以才會遭到報應。那件可愛的裙子會沾上「男人的什麼東西」而被弄髒，都是因為我的錯，都是我不好。

「都是因為我不好。」

我覺得跟叔叔說這些很丟臉，我希望叔叔可以待在他專業的世界裡，理他的火焰就好，不要管我，可是我又無論如何都希望他能夠看看我。

「妳沒錯。」

叔叔說。

那是我至今為止聽過最乾啞的聲音。既乾，又強韌，又溫暖，像火焰一般，下雨什麼的根本淹不掉。

「不是妳的錯。」

有什麼東西從我眼眶滾了下來，一定不是眼淚吧。我感覺那比眼淚還黏答答，而且味道很濃。反正，我沒有哭。

「我啊……」

我想穿裙子，裙子很可愛，穿上裙子以後的我看起來很可愛。別人說我可愛，我很開心。那個人也說我「可愛」，連被他說可愛，我也覺得很開心，對，沒錯，我很開心，被稱讚可愛我很開心，可是我……。

「妳沒有錯。」

我，沒有錯。

我想要變得可愛並沒有錯，被稱讚可愛而開心的我並沒有錯。

我很可愛並沒有錯。

「妳沒有錯，絕對沒有錯，妳懂了嗎？」

「嗯。」

其實我不是很懂，為什麼他說得那麼肯定？為什麼他說「絕對」？可是他的話讓我的身體感覺溫暖了起來，這點比較重要。

「我沒有錯。」

說完後，我感覺掌心也跟著發熱了。「妳看吧——！」那句話一定還在我的掌心裡，一定很久很久都不會消失，可是我的手已經不會發抖了。

「我沒有錯。」

叔叔又咳了一下，輕輕轉過身去。

光從他的背影，也感覺得到他現在整個人糗到不行，剛剛那樣簡短幾句話，對他來講已經是破天荒的長篇大論了。

他像是要把剛才的份補回來一樣，非常認真地燒起一件又一件東西——被扔在花壇太久已經塌得變形的體育帽、根本看不出來原本到底是做什麼用的木板、死在百葉箱裡的蜜蜂。

我一直在那邊看著，雖然雨依然下個不停，可是我的身子很暖和。

因為不是我的錯。

那一天晚上，外婆死了。

死掉的外婆被送去火化。我媽看著焚起的煙，發出驚人嚎啕大哭，我第一次看見她哭，從前從不知道，原來她叫喊外婆「媽媽！」。

召十莓

浮仔種草莓。

他在他家空地上蓋滿了兩個像是巨大魚板一樣的溫室，無論清晨、白天或黑夜（不過浮仔晚上八點就睡了）都在照顧那些草莓。

浮仔的全名叫做浮太郎。

不曉得他爸媽究竟是把什麼樣的期望寄託在他那名字上？願他如浮雲一般步履輕盈走過人生？還是希望他長大以後成為一個腳不踏實地，圓滑又油條之人？我怎麼想也想不出他爸媽到底是怎麼會取了那名字的。

「好！我們的兒子就叫做浮太郎！」

不過反正，浮仔的名字就叫做浮太郎。

據說浮仔是我爸那邊的「遠房親戚」，不過大家跟我解釋了好多次，我還是不知道到底是什麼關係的親戚。雖然聽說幾乎沒有血緣關係，但是我很喜歡浮仔。

浮仔就住在我爺爺他們在九州的那棟房子後頭，在我爺爺奶奶早年過世之後，一直幫長年在外的我爸照顧那棟房子。他有爺爺奶奶家的鑰匙，每天會去把窗戶打開讓房子通通風、撢撢灰塵、趕走溜進屋裡的老鼠，為了我們這好久好久才會回去一趟的家人把房子保持得舒適宜居。如果真的是「幾乎沒有血緣關係的遠親」，他人也太好了。不過村落的人幾乎都是這樣，每次我們回去，一定會發現門口不曉得什麼時候就有人放了一大堆菜跟米之類的，如果出門下雨，回家時也會發現晾在外頭的衣服已經全部被收了進去，還摺得好好的。

我手邊有好幾張浮仔的照片，最舊的一張是我一歲時拍的。浮仔抱著我，面無表情。算一算，那時候浮仔應該才五十八歲左右，可是長得已經完全像個老阿公了。花白的平頭、下垂的眼皮、被農業機具夾斷了食指的左手、單薄到衣服都垮在身上的體型。

不管是我四歲時拍的、十歲時拍的或十五歲時拍的，照片裡的浮仔看起來完全長一樣（包括那張一點也不適合出現在抱著嬰兒的人臉上的結屎臉）。他那永遠不變的永恆度簡直要讓人頭皮發麻，我前陣子仔細看了一下，發現每張照片中，浮仔身上的衣服居然完全一模一樣，上下一套的米色工作服、寬寬垮垮的長靴，連髒的地方都一模一樣，說真的，嚇死我了。

浮仔的太太很早過世，他們也沒有小孩，所以浮仔一直獨居。附近的人都說他從來沒有離開過村落，我爸也說就他印象所及，從沒看過浮仔去過外頭任何地方。

其實浮仔很久以前也有一次機會可以去東京，那一次，因為他「名字很妙」而收到電視節目《笑一笑又何妨》的節目邀請，可惜浮仔以自己只信任ＮＨＫ為由拒絕了。村落的人都說太可惜了吧！可以看見塔摩利[1]耶！可是浮仔又不知道塔摩利是誰（！），他對於自己不知道的事物之排斥是出了名的。

比方說，他就不信任黑貓宅急便跟佐川急便，只使用從以前就有的郵局寄送服務，口香糖也只吃LOTTE牌的綠色口香糖，香菸只抽「若葉牌」。只要決定「這個！」他就一輩子都只用那個，絕不會變心改用新產品。

小時候，我跟我弟一回去鄉下，他遞給我們的零食一定是固力果，沒有其他。給我弟的是給男孩子吃的口味，給我的則是女孩子的口味。焦糖口味很好吃，附的玩具也很讓人開心，可是我上了大學後，他還是照樣給我固力果（給學生固力果是浮仔的謎樣原則），他甚至還因為固力果中途把原本的造型從方形改成心形而跟我道歉過，接著開始說固力果的壞話。說到這，他也曾因為綠色口香糖改了外包裝而非常憤怒。

「浮誇！」

我是不懂固力果跟LOTTE把商品改款算不算是「浮誇」，但在這種事上，

---

1. 塔摩利タモリ，一九四五～：日本知名搞笑藝人，多才多藝，善於模仿外國人講話。

浮仔是完全不浮誇沒錯。他那個人跟他的名字完全搭不起來，非常之硬派、非常之頑固。

他掛在他家廁所的月曆一定是農會送的，水也只喝他家那口井的水（浮仔唾棄寶特瓶），土不親自嚐嚐看便不能確定土的狀況，不管下大雨或地震，每天早上六點半一定要跟著廣播做體操。

很酷啦，浮仔那個人。

說到酷，浮仔敢把很大隻的蛇給抓起來轉圈圈再丟出去，也可以把比大人手掌還大的蜘蛛抓起來轉圈圈再丟出去，還可以把來偷襲日本雞的貂抓起來轉圈圈再丟出去。所有可以抓起來轉圈圈再扔出去的生物他都這麼幹，也就是說，浮仔不會當場殺生。

「可以活的就讓牠們活啊。」

只有一次，讓我看到連這樣的浮仔都當場殺生，那是我七歲的時候。

那一次，浮仔帶著我跟我弟在村落裡散步。

那是浮仔的標準流程。每次只要我們一回去，他馬上會精神奕奕地現身，接著帶我們在村落裡逛來逛去，解說我們不在的這段期間草莓種得怎麼樣啦、村落裡有了什麼跟什麼變化（雖然看在我們眼裡根本完全沒變）。

浮仔要求我們在進草莓溫室前要先低頭敬禮。不管是看到還沒長出來的草莓或是剛冒出來的草莓，都不可以輕視它們，更不可以說什麼「好可愛哦～」這類感想，那等同於看不起草莓（我媽就是因為這樣而被浮仔禁止進入他的草莓溫室）。

我們在溫室裡默默無語地走，有時還要鑑賞一下浮仔拿給我們看的草莓，正經八百對著草莓點頭。

最辛苦的是草莓採收期，只要在那時期一進入溫室，就會被餵草莓餵到死。

「好吃吧？吃——！」

跟不苟言笑的栽培期相比，這時期的浮仔會像是在過節一樣，整顆黑眼珠烏溜溜又水汪汪那麼大顆。

「吃——！吃——！」

浮仔種的是當地特有品種，非常甘甜多汁，實在美味香甜。可是每次一吃就是幾顆、幾十顆真的吃不消，我弟還吃到吐過了好幾次。浮仔那個人居然還會伸手去撥弄那些嘔吐物（噁～～），想知道可不可以拿來當肥料，真是太逼人了這個人。總之，只要是跟草莓有關，浮仔不只是一心無二、踏實負責，而且還是一百萬分的負責。據說他那認真負責的性格從他八歲起就持續到現在了，真是嚇壞人。

浮仔的腰是歪的，往右。從尾椎的地方開始歪，所以他整個人身體都是斜的，聽說是因為他一直把採收草莓用的水果簍掛在左腰上才會那樣，所以，浮仔是個可以為了草莓，連自己的骨骼都讓它變形的人！

好啦，在溫室裡待了好幾小時後（真的是幾小時），我們會在村落裡到處散步。散步時，總是浮仔走在最前方，我們兩個則跟在好幾公尺之後。這個模式從來沒變過，感覺起來比較像是帶著我們去「遊街」而不是散步。

說到村落，沒有哪件大小事是浮仔不知道的。各家田地的地界跟財產、誰家養的狗生了病或是誰誰誰有沒有假牙等等，只要一遇上浮仔，這整個村落都沒有祕密了啦。

「三宅家那口井哪，上次有隻小猴子浮在裡面，撈起來一看，這不還活著嘛！結果三宅家就養了一陣子，後來那猴子不知道什麼時候跑回山裡，三宅家的阿婆就開始癡呆啦。以為那小猴子是她孩子啦，每天哭啊。」

「兒玉家的那個老婆啊，聽說完全生不出帶把的，就說該不會是她老公的種不好吧，因為她老公整天玩電腦啊，說會不會是這樣所以生不出男的。結果前陣子生了個男的耶，哎唷！很奇怪咧，說該不會是其他男人的種吧，說那個小孩長得很像瑞波的老闆咧！」

浮仔不會因為我們是小孩就用小孩子的語言跟我們講話，也不會挑內容（比方說「瑞波是什麼？」這我們根本就沒有權利問，還是我自己後來發現那原來是整個村落唯一一家喫茶店兼小酒館），所以我跟我弟連照理說應該很敏感的事情也不小心知道，我們兩個講話也變得跟浮仔一樣，直接喊村民的姓——三宅、兒玉、長崎、大田。

我弟弟對於浮仔這種不把他當成小毛頭看的態度很是高興。浮仔不會配合我們的腳步而放慢步伐，也不會因為我們是小孩子就不帶我們撥開草叢，走進對小孩而言顯得危險的獸徑，這帶給了我弟的自尊心很大的鼓舞。

浮仔雖然一向不把我們當小毛頭看，可是我在大人面前卻有股莫名喜歡裝可愛小孩的傾向，尤其是在面對鄉下的大人們時。比方說，會故意把奶奶準備好的紅豔豔西瓜大口咬下，咬得腮幫子都鼓起來（在家時都是切得小小的讓我們用叉子吃）、會赤腳在院子裡走路（在家裡每天都穿著漂亮的鞋襪）、聽到雞啼會故意裝得很驚訝（其實在幼稚園裡我們也養雞）。我的範本就是《龍貓》裡的小月跟小梅，真是個噁心的孩子呀，但我有點覺得大人們也喜歡我這樣，所以在我的感覺裡，表現得天真無邪算是我對大人們提供的一種服務。

「啊——！」

那時，是我先看見那隻蝸牛的。我在自己家裡也看過小隻的，可是那隻在鄉下路上溫溫吞吞慢慢爬的蝸牛居然有我弟的小拳頭那麼大，真難以置信。

那時我想，「好，我要對這隻大蝸牛表現出很驚訝的樣子！」事實上，我心底當然多少也覺得吃驚，畢竟我沒看過那麼大的蝸牛嘛，但我想，我要把這份「驚訝」表現得比實際上還稍微浮誇一點，因為浮仔雖然沒把我們當小毛頭看，可是如果我對浮仔引以為傲的這個村落裡的什麼東西表現得很驚奇或很讚嘆，浮仔一定會很開心吧？沒錯，我只是想讓浮仔開心而已，從沒想到，我這一份不必要的體貼會導致那隻蝸牛的悲劇。

「蝸牛——！」

我一喊，浮仔回過頭來。我則是表現出「哇——！哇——！我從沒見過這麼大隻蝸牛耶」的表情（通常只要我一做出這種表情，鄉下的大人都會高興）。

「好大隻喔——！」

浮仔衝過來。

「在哪——？」

我從沒看過浮仔行動敏捷如此。他居然也會臉色大變，往我衝來？我該不會是發現了什麼罕見的蝸牛吧？浮仔那麼開心！我想。可是我錯了。他像個厲鬼一樣死命瞪著那蝸牛，接著用他寬寬垮垮的長靴「啪！」地一腳踩下，用力把那蝸牛踩個稀碎。

「該死的——！」

踩！

「該死、該死、該死！」

踩不停。

「這該死的偷吃我的草莓！」

踩踩踩踩踩——！

對浮仔來說，草莓是他最重要、最必須守護的存在，所以偷吃草莓、害草莓不能收成的蝸牛便是他的敵人（也就是說，大隻的蛇或大蜘蛛、貂之所以能活命，是因為牠們沒有偷吃草莓，牠們頂多就是會被抓起來轉圈圈再扔出去就是了）。

那隻悲慘的蝸牛，真的慘到我連看都不忍看，殼被踩個爛碎，蝸牛肉裡流出了一大堆青綠汁液，發出噁心的味道，地獄啊。

那件事老實說，造成了我跟我弟的心靈創傷（我弟從那之後就開始沉迷於抓蝴蝶來把牠們的翅膀拔掉，我覺得跟這件事脫不了干係）。那是我有生以來，第一次看見生命的存在被瞬間殘殺掉。

從那件事之後，我就放棄在浮仔面前裝天真了。裝得孩子氣的自己所引起的這樁悲劇，真是我的噩夢。於是浮仔成為一個我完全沒有必要去刻意付出體貼的大人，這是我第一次碰到這樣的大人，畢竟我連在我爸媽面前都有點喜歡表現得像個好孩子，只要這麼做，大家都會喜歡我。

沒錯，大家都很疼我。

我遺傳了我們家族成員的優點。小巧的臉蛋遺傳自我外婆，水汪汪的大眼睛遺傳了我媽，頭形良好的頭殼遺傳了我祖父，修長的雙腿遺傳了我爸，心形的嘴唇遺傳了祖母，翹屁股則遺傳自我外公。

從小，大人們就稱讚我「可愛」，而我對於自己這副外表所帶來的好處也很清楚，所以總是表現得恰得其份。不要過度張揚、永遠面帶微笑，總之就是看情況表現得符合別人對我的期待，只要這麼做，大家就會疼愛我，除了浮仔以外。

浮仔是唯一一個不認為我「可愛」的大人（我現在能理解他為什麼會抱著我拍照還那種表情了）。他好像只是把我當成偶爾會來村落裡的一個徒弟罷了。反正他對我這個人完全沒有興趣，他有興趣的，只是如何把草莓的滋味跟村落裡的事情傳達給他的徒弟而已。

小學六年級時，月經來了。

我在我們班算是來得晚的，讓我媽一直很擔心，不過來了後我還是像男生一樣瘦巴巴，讓我們班那些逐漸變胖的女生很是羨慕。但我覺得大家愈來愈挺拔的胸部跟帶肉的腰際反而讓我有點欣羨。話雖如此，放學回家的路上或有時候跟朋友出去玩時，大人們看見我的眼神，或者甚至有些人還真的脫口而出的話——

「那個女孩子長得好像模特兒喔。」

還是會讓我聽了不禁有點得意。我的身高持續成長，到了一六六公分，不過那時候還沒真的想過要當模特兒，我只是個跟大家一樣看著雜誌，天真說著誰誰誰好可愛喔、我也好想穿這種衣服之類的再普通不過的國中女生。

國二時，交了第一個男朋友，是比我高一年級的籃球社學長，身高一七八。跟學長並肩而行時，我們兩個人很搶眼，我知道大家都豔羨地看著我們，我春風得意，志得意滿。

跟學長初吻了。

不曉得跟接過吻有沒有關係，我的胸部忽然開始發育，愈來愈大，等到高一那年的秋天跟學長分手後才停止。D罩杯。同時也不長高了，停在一六九。我是學校裡最高大的女生，總是在最後排看著大家。

高二那年夏天，有人問我要不要當模特兒，我被挖掘出道。那是第一次去表參道玩的時候，被現在這家事務所的人搭訕。我心想，原來這種事情真的會發生耶。那時候我朋友比我還興奮，仔細查了這家事務所，告訴我他們旗下有這種模特兒、有那種模特兒，我所有細節都是從朋友那兒聽來的。

我當然很高興，畢竟「長得好像模特兒喔」跟真的當上模特兒是兩回事。當了模特兒後就可以穿著漂亮的衣服沐浴在鎂光燈下，「還可以看到明星！」——這是我朋友的意見，不過倒是真的。我自己那時也是個隨波逐流的迷妹（才不像浮仔呢），那時候，電視節目《笑一笑又何妨》裡有個人氣模特兒是固定班底，看起來跟我喜歡的搞笑藝人還有其他明星都很熟絡的樣子，我看了實在欣羨。

我跟爸媽討論過後，他們有條件地同意讓我去當模特兒，前提是我要先高中畢業，接著要一邊上大學、一邊從事模特兒活動。他們兩個擔心歸擔心，感覺好像也有點小興奮，我則是興匆匆地覺得未來的路就在眼前而積極準備了大學考試。

高中畢業後，去了東京。

那時我已經決定好了要當哪本雜誌的專屬模特兒。高中時，我已經趁學校放假去拜訪過了好幾次編輯部的主編跟其他編輯，第一次發現留鬍子戴眼鏡的那個男人居然是主編時，我嚇了一跳。編輯部的人，個個年齡不詳。在那裡，我也第一次碰到這輩子第一個認識的男同志。

「哇～不錯耶，不錯不錯，還沒被污染過的感覺！」

「沒錯，就很清純派的那種！」

大家都這樣說我。

「讚哦，清新！」

於是我便以「正統派美少女模特兒」之姿出道。

「年齡稍微大了一點，不過應該還可以算是少女吧。」

我也是那時才知道，原來十八歲叫做「年齡稍微大了一點」。

我永遠忘不了自己第一次被刊登在雜誌上時的興奮。雜誌會送去事務所，可是我等不及地在發行日的那天午夜十二點就跑去超商買回來看。我的篇幅占了兩頁。化了妝的我、穿上漂亮衣服的我，那個人的確是我沒錯，可是看起來又好像不是我。

爸媽買了三十本雜誌分送給親戚鄰居，浮仔當然也分到了一本（可是有一次我去他家時，好像看見那本雜誌被墊在長短不一的椅腳下）。

隨著每一期的新雜誌刊行，我愈來愈有名了。

走在校園裡，會聽見別人竊聲竊語「嗳，就是那一個啦……」。有些人會在學校正門等我。第一次有人問我「可不可以跟妳合照？」的時候，我差點驚呼出聲了，真不敢相信自己會被當成名人看待。

爸媽好像也挺開心我被包裝成「正統派美少女模特兒」，因為我不用穿泳衣，擺出腿開開之類的姿勢拍照，也不用化上誇張的妝容，做出挑釁的表情。配合的那家雜誌走的是少淑女路線，主要以大學女生與上班族為讀者群。我在學校裡也交了朋友，不過我覺得，跟其他模特兒朋友在一起玩更有趣、更刺激。

有個從十二歲起就開始當模特兒的日本與瑞典的混血兒，身高有一七三，從十四歲起就開始喝酒，不吃飯，宣稱會胖，可是可以一連喝掉好幾杯只加了冰塊的琴酒或伏特加。

也有為了當模特兒而從高中輟學的女孩。那個女孩帶我去了一家要輸入密碼才能進去的店，很多我喜歡的明星都在那家店裡混。不知道什麼時候，我們的帳單就有人幫我們結了。

可以遇見明星的還有很多地方，有時候獲邀參加精品的新品發表會，也會碰到只有在電視跟電影螢幕上才會看到的明星，有些還是海外藝人。如果跟著其他模特兒去參加聯誼，有時出現在同一間房裡的還有讓人驚訝到嘴巴快要掉下來的運動明星。

我失去處子之身的對象，就是一個在那種場子裡遇見的運動明星。雖沒有特別迷他，不過我也在螢幕上看過他在球場上活躍的矯健身影，所以那時候他一對我花言巧語，我馬上就被他迷暈了。

那人一發現我還是處女，嚇了一跳。他不是「驚喜」，他是「驚嚇」！我覺得自己很丟臉，居然到了那年歲了還沒破處，不過心裡一方面也鬆了一口氣，終於可以解脫處女之身了。兩個月後，那個人跟一個有名的女明星結了婚。

世界愈來愈寬廣。我學會了喝酒，也記得了店家的密碼，跟很多人有了肌膚之親，也交了不知多少男朋友，也認識了《笑一笑又何妨》裡的明星了，還曾經上過一次雅虎新聞。我開始揹著跟我年齡毫不相稱的名牌包，假期時就去南法或巴黎，讓知名設計師幫我剪頭髮，在腰際紋了一個小刺青。

可是我依然還是一個「正統派美少女模特兒」，依然在雜誌上穿著淑女洋裝，露出可愛笑容，繼續令我爸媽安心。但我回老家的次數少了，當然也更不可能有時間去浮仔他們村落。浮仔當然不曉得我的聯絡方式，就算知道，他也不是會主動找我的那種人。不知不覺間，我逐漸淡忘了那個在小村落裡種著草莓的浮仔。

世界繼續擴大，不曾停下。

有一天，一回神，我已經二十九歲了。

每年生日都讓人祝福，當然也就每年都長了年歲，再確實不過。可是自己還是難以相信自己真的要二十九了，因為這樣再過一年，我就要三十了耶。

這幾年，我離開了原本固定配合的雜誌，轉到了另一家讀者層稍微成熟一點的淑女雜誌，但那家也跟我說差不多該退下來了。同在模特兒圈打混的朋友之中有些人結了婚生了小孩，也有人沒跟事務所報告就擅自剪了頭髮，跳槽到前衛路線的時尚雜誌。

到底是從什麼時候開始的？我逐漸對於自己身材感到自卑。腿型不好看，一六九公分的身高太矮了，肩膀線條不漂亮，沒有肌肉，心型嘴唇好老氣，D罩杯的乳房不夠潮，眼睛大歸大，卻又不媚。

這一行，年輕的新模特兒像雨後春筍一樣冒出來。

大家臉蛋都小得嚇人，手長腳長地長得現代又俐落。才十六歲就已經走過巴黎時尚週的女孩、在樂團擔任主唱的十九歲女孩、邊念醫學部邊當模特兒的二十二歲女孩。大家身上，好像都有一些我所欠缺的，讓我覺得我永遠都只能走淑女路線好丟臉。

我開始考慮整形是在二十六歲的時候，沒花太多時間就決定了。抽掉了大腿的脂肪、削了下巴，開始每個禮拜到健身房報到四天，也減了餐量，開始學習英語會話、穿和服跟騎馬，換了台車，也搬了家，開了一個Instagram帳號，也換了刺青圖案。我的世界還是繼續擴張，然而我，不知道它到底要往哪個方向去。

再次回到村落，是在冬季。

母親打電話來說她那週末要回村落，因為父親的姑姑過世了，我就說那我也去好了，母親嚇了一跳。

「為什麼？」

想想也是。我已經有十年左右沒回村落了，而且我幾乎不曾見過那位姑婆。老實說連我自己也很訝異，原本我已經跟其他模特兒約好了那週末要去鎌倉上滑板瑜伽課，然後在那兒住上一晚，隔天再到一家新開的大自然長壽飲食店吃飯。不過我很直接就跟朋友們說我不能去了，快手快腳買好了票，一眨眼，人已經回到了那村落。

突然回去參加喪禮的我讓大家嚇了一跳。他們都知道我在當模特兒的事，其中甚至還有個「遠房親戚」的小女生收集了所有我上過的雜誌，但那已經不像以前那樣會令我歡欣了。我瞄了一眼父親那位過世的姑姑，果然想不起來她到底是誰，覺得有點不好意思。

浮仔也去參加了告別式。

我看見他的臉，才意識到，原來我回村子是為了想看他。但意識到這件事之後，我還是不曉得為什麼自己想見他。

「浮仔……」

我打了招呼，浮仔點點頭。他長得依然跟手邊照片裡的他一模一樣，明明已經都快九十歲了還是一點也沒老，我偷偷拍下浮仔的照片傳給我弟（還好他長得很健全，沒有變成一個變態），我弟弟也回訊說「笑死了，他完全沒變耶！」

我也很震撼於浮仔的永恆，但浮仔看到我好像也沒特別高興或懷念的樣子。他對於我當了模特兒或是上過雅虎新聞的經歷一點也不像別人那麼激動，浮仔就是浮仔，絕絕對對的浮仔。

「要不要來看草莓？」

他這個人只關心草莓啦！

時隔多年，再度走進那溫室，感覺好像變得有點破落。塑膠布霧濛濛，堆在角落裡捲起的塑膠水管似乎也積了些霉，但草莓還是很漂亮，晶瑩飽水，碩大氣派。

「吃——！吃——！」

浮仔的攻擊力依然不減。一顆又一顆摘個不停、一顆又一顆一直遞過來，快得像用扔的一樣。剛開始的第一顆當然很美味，第二顆、第三顆也很好吃，可是吃到了第四顆時我已經在意起了糖分，第五顆時人已膩。

「浮仔～我吃不了這麼多啦——！」

我已經長大了，有膽子直接跟浮仔講清楚。拜託，我都快要三十歲了耶！浮仔一臉意外地瞅著我看，不過一句話也不吭。我看著像隻猴子一樣的浮仔，湧現一絲不忍。

「不然這樣好了，草莓，你寄到我家好不好？」

這真是個好主意，我心想。草莓寄到家裡後，我就拍照上傳到IG，草莓照片這種影像很吸睛，而且又是鄉下叔叔寄來的，更能博得好感。如果帶去攝影現場分給大家吃，大家應該也會很高興吧。

「哪啊——？」

一聽到跟草莓有關，浮仔馬上興匆匆。我相信再沒過幾天，我一定會馬上收到了郵局宅配來的草莓。絕對不是黑貓、也不會是佐川。

「東京啊，我沒跟你說嗎？」

「東京？」

浮仔的大耳朵抖呀抖，真的好像猴子喔。他用缺了食指的那隻手搔了搔耳朵，這麼說——

「東京……那不就是栃乙女[2]跟甘王[3]搶得要死的地盤嗎？」

嗄！我張口結舌。他講什麼啊？但我還來不及說點什麼，他已經又說了一次。

「沒錯！對啦對啦，就是栃乙女跟甘王搶得要死的地盤啦。」

態度堅定不移。

居然活得以草莓為中心到了這種地步，浮仔真是太恐怖了。事實上，我是真的對他感到敬畏起來，接著放聲大笑。

浮仔並沒有因為我的笑聲而停頓，他快手快腳開始把草莓裝箱，當然也叫我一起幫手了。我裝到箱子裡的那些草莓數量多到都快讓我大喊「不是開玩笑吧！」。

一邊裝箱，腦中開始想像起了這些草莓被做成果醬或餡塔的模樣，還有之後上傳到IG時的樣子。不過這些想法很快就被其他想像給取代，而且那幅想像非常之強烈，一直佔據在我大腦裡。

東京各個地方紛紛出現了草莓。

精品的新品發表會上、拍攝現場的攝影棚內、次數已經大減的聯誼，草莓

2. 栃乙女：栃木縣生產的草莓品種。
3. 甘王：福岡生產的草莓品種。

一顆又一顆不斷地冒出來，湧滿了各個地方。我老實說實在分不出來哪個是甘王、哪個又是栃乙女，可是看到那樣的景象讓我好痛快，真的非常痛快！

結果我到傍晚左右還一直在裝草莓。手指都染得緋紅了，腰也痠疼不已。

「啊——」

浮仔忽然在溫室裡發現一隻剛從冬眠中醒過來的蛇。他當然二話不說把牠抓起來，用力一轉、大力拋出。我並不覺得害怕，也沒有尖叫。我很清楚，浮仔這個人不需要這類精神上的服務。我猜那條蛇應該會一直活著吧，因為牠不吃草莓呀。

孫子的角色扮演

外祖父要來我家住一陣子。

他在長野縣某所大學擔任教授，由於學會要在東京舉辦，加上專攻美術史的他剛好接了一個美術館的企劃展策展工作（不曉得那到底是什麼樣的工作），然後剛好他一個老朋友也邀請他來東京參加他孫兒的婚禮。

我媽說這將近一個月的期間，一直從長野通車或是住在旅館都很不方便，提議要他來我們家裡住。

三年前，外祖母在我小學三年級時過世後，外祖父就一直獨自住在一幢很大的房子裡，開著一輛黑色的英國小車去大學上班，自己做飯給自己吃。他可以做出剛剛好一人份的豬肉味噌湯。

外祖父雖然是我媽媽的父親，但媽媽長得跟他一點也不像。那麼媽媽像外祖母嗎？也不像，而這樣的我，長得很像媽媽。

媽媽是獨生女，我也是獨生女。爸爸是四個兄弟姊妹裡的三男，由於從小家裡每天都熱熱鬧鬧，所以聽說他以前也想給我生個兄弟姊妹，可是好像是我媽反對。我媽說獨生女可以獨享父母親所有的愛，她以前那樣很幸福。的確，我媽說得沒錯，我房間的日照就比我爸媽的房間還好，客廳裡也擺了一架專屬於我的有消音功能的鋼琴，家裡的可卡犬「小愛」也是因為我小時候吵著要養才養。我從來沒有特別想要兄弟姊妹。

外祖父來了以後，會住在客廳旁那間用紙門隔間的六疊榻榻米大的房間。那間本來是榻榻米房，但我媽就為了這一個月特別加鋪了地毯，還租了一張簡易床組。

「父親絕對不會想睡榻榻米。」

自從我媽確定外祖父會來家中暫住一陣子之後，整個人不是普通忙碌。她把家裡到處都擦得亮晶晶，還查清楚這一帶所有有趣的散步路徑，甚至還以外祖父喜歡的菜色為主，設計了一整個月的完美菜單。其實我外祖父人很好相處，就算我媽沒這麼做，他也不會生氣，只是我媽自己想這樣做。

外祖父本來不太想住我家，他說他可以從長野通車或去住旅館，但是我媽不點頭。

「你在客氣什麼啦！我們都是家人耶！」

我不知道聽過幾次我媽對著電話另一頭這樣講（幾乎是在喊叫），反正她就是想要她爸來住我家啦，而且還要住上一整個月。

「妳媽就是戀父狂啦。」

我爸悄悄跟我說。

「要是妳也是戀父狂就好了。」

我大力往他的大肚子拍打下去。最近光是這樣，我爸都會很開心。

我並沒有什麼特別的反叛期。雖然每次看見我爸用完洗臉台後，上面稀稀落落沾著他的鬍子，也會覺得噁心，看見他吃納豆吃得嘴角牽絲，也會覺得

「天哪～」，可是他跟我講一些無聊的白爛話，而且還偷看我反應的時候，我也樂於吐槽他幾句（也就是說我不會把他當空氣），他要來參加我的鋼琴發表會，我也不會拒絕。

但即便從這樣的我的角度來看，還是覺得我媽對於要跟她爸一起住的這件事所表現出來的熱情有點非比尋常。她看起來是真的非常興奮，好像是明天就要運動會了，而且你還可能奪金牌的那種感覺。說真的，我除了她以外，從沒看過有人喊自己的爸爸「父親」，在我們學校裡，也沒有人會叫自己的外公為「外祖父」（我在大家面前當然也改口說「外公」）。

小時候，我們每年都會去他們位於長野的家兩、三次。尤其夏日的長野，遠比東京涼爽舒適多了。外祖父家有閣樓也有暖爐，庭院裡種了好多鐵線蓮、野玫瑰與西番蓮花，非常美麗。而住在那種美得像是童話繪本裡的房子的外祖父母，看起來就是很適合住在那種屋子的人。但我印象中，外祖母給我的印象反而比外祖父還深刻。

我的外祖母是個很高雅的人，而且很酷。一頭白髮沒有染成什麼奇怪的顏色，牙齒潔白而且全是真牙，還很會做木工。每週固定去游泳三次，每次游一公里。永遠笑容滿面，溫柔優雅，人見人愛。

外祖父則是一個靜靜地待在外祖母身旁的人，雖然不致於被掩蓋在外祖母的光芒下。我外祖父的高雅可不會輸給我外祖母呢。一頭白髮也跟外祖母一樣沒有染過，個子高挑，連在家裡也打扮得很瀟灑。他給零用錢時也很大方，臉上總是帶著笑容，和藹可親，可是就我印象所及，他好像從來沒有陪我玩過。每次我們去他家時，一開始他會在客廳裡陪大家一起聊天，但之後就會躲回他自己的書房去了。

「因為父親很愛看書嘛。」

我媽每次一提起她爸總是十足自豪。

她這種以家人為榮的心情也不難理解（雖然我跟我爸也是她的家人），畢竟外祖父與外祖母是真的非常完美的一對。所以當外祖母突然因為心臟問題撒手人寰的時候，我媽眼淚流個沒停，一直很擔心外祖父今後一個人該怎麼辦。

但我外祖父似乎不是會覺得自己一個人住有什麼問題的那種人。當然外祖母剛走時，他非常消沉，好像有一整年的時間都活得渾渾噩噩（那時候我媽一有空就往長野跑，好像就是藉由照顧老父的責任感來從喪母之慟中站起）。我外祖父後來也慢慢找回了自己的步調，一個人淡淡地生活，彷彿從來都只有他自己一個人（也開始變成一個很會煮單人份豬肉味噌湯的人）。

他並不是一個性格冷淡的人，反而應該說很親切，但他不只是一個「親切」而且「安靜」的人而已，他還有一種淡然出世的氣質。我不太會說明，也沒打算跟誰說明，反正一年才見面幾次而已，沒所謂啦。

但也就是因為他是這樣的一個人，當我聽到他居然要來我們家住上一個月，我真是嚇傻了。我什麼心理準備也沒有，以前也從沒有過這種事，在感到開心之前，我好像就已經進入了備戰狀態。

外祖父來的那天下了雨。

到了車站後，爸爸去接他。我爸緊張得要命，傳染給我跟小愛，害我們兩個也慌慌張張地（小愛平時不會，但那天死咬客用拖鞋，被我媽痛罵一頓）。

外祖父到家時，身上沒有沾到半點雨。他左手拿著傘，人輕輕巧巧地閃進了雨傘底下，沒有哪一邊肩膀或褲腳被淋濕了。真是太強了，我覺得。他穿著一件毫無皺摺的淡黃色襯衫，下面搭了件深褐色長褲，再套上一件接近水藍色的淺灰色薄外套。稍微露出來的襪子則是水藍色與茶褐色的條紋襪，鞋子擦得亮晶晶，修剪得整整齊齊的鬍子看起來乾淨清爽。

「父親——！」我媽幾乎是尖叫著迎上去的。她遞上拖鞋，拿了毛巾給根本就沒被雨淋濕的外祖父，還莫名其妙地亂搔我的頭，很明顯已經興奮到神經錯亂。

「這是小堇啦、小堇——！你看是不是大——？」

我猜她應該是想要說「你看她是不是大很多了？」的確，上一次看到外祖父已經是一年以前，這一年裡我長高了八公分，但這麼一來我反而有點害臊，只輕輕點了點頭當成招呼。

外祖父很客氣地欠了個身說：「不好意思，要來你們家叨擾一陣子了。」

你在說什麼呀！自己家人你真是的！總之我媽鬼吼鬼叫，拉起了外祖父的手就往裡走，像被一陣風給颳走了一樣。我跟小愛被留在原地，愣愣地不曉得做什麼好。我伸手摸摸小愛的頭，小愛也整個好像被什麼震懾住了一樣輕輕放了個屁，很不好意思地搖搖尾巴。

我媽的聲音從屋內傳了出來。這裡是浴室喔！這是你的房間！我放了一個床架。你會冷的時候就披上這個！我跟你說二樓有陽台，你可以出去放輕鬆……。

「妳媽就戀父狂啦。」

過了一會，我爸才進來，又說了這句話。他明明拿了好大一把傘出去，左肩卻全淋濕了。

外祖父在我家裡的感覺好奇怪。

明明是有血緣關係的人，卻感覺好像是有什麼外人在一樣，真是對不起他。但每次我在洗臉台前撞見他時還是會不小心「啊——」地嚇出聲，全家人圍坐在擺滿豐盛菜餚的餐桌前時，我也會不小心堆出假笑。不只是我，感覺我爸跟小愛也很彆扭，唯一興高采烈得快飛上天的人只有我媽。

「你買的那台鋼琴小堇都有彈呢，小堇妳快彈一首給外祖父聽！」

「你不是喜歡吃花椰菜嗎？父親也很喜歡喔！我這個菜在專賣無農藥蔬果店買的，吃起來很安心喔！」

「小愛真的很聰明，以前從來沒咬過拖鞋耶，這是第一次呀，對不對呀，小愛！」

我彈了一首奏鳴曲，爸爸吃了六塊花椰菜，小愛乖乖當個好孩子（雖然咬壞了三只拖鞋）。

我明明是在自己家裡卻累得要死，只有晚上睡覺時才能真正放鬆。每天晚上，乖巧有禮地跟大家道過晚安後回到我自己房間後立刻全身虛脫到快要「啊～～」地哀號出聲。我一躺在床上，眼皮底下自動跳出「還剩N天」的這個數字。不行！外祖父是我的重要家人，我不可以這樣！但我愈這麼想，那數字就愈鮮明，我真是個無情又惡劣的外孫女……。

外祖父好像完全沒察覺我這樣的心思，他會吃著媽媽的拿手好菜，不時讚嘆、溫柔地摸著小愛、在晚飯後跟爸爸喝茶聊天，還會給我零用錢，有時還會買看起來就超好吃的蛋糕回來，連在家裡也穿戴整齊（襯衫從沒皺摺，襪子永遠像新買的一樣），還知道要怎麼樣不出聲地穿著拖鞋走路。他的白髮從沒漂浮在浴缸裡，更不可能放屁。外祖父永遠都那麼完美。

「父親真的一直都維持得這麼棒耶！真是太優秀了，我一直都覺得自己好幸福喔——！」

晚餐時分，我媽毫不害臊地這樣宣言（幾乎是用喊的）。

我媽是個很率真的人，就連十二歲的我看起來，也覺得這個人真是腸子直到難以相信。她來參加我的運動會時，才剛進場就哭了。鋼琴發表會上我一彈完，她馬上拍手（有時還會咻——地吹口哨）。看見身旁有人有困難了，她馬上會幫忙，一覺得有什麼事情不對，絕對不會默不作聲。她還會大範圍打掃包括我們家在內的周邊街道，所以附近鄰居都很喜歡她。

我爸也說他就是喜歡上我媽這種個性。我爸這個人的性格也是很真，不太會拒絕別人，所以他身邊的朋友都很敬愛他。他超愛吉卜力跟迪士尼，雖然是個男人，一被感動到就哭，來我家玩的朋友都很喜歡他，還跟我說「小堇的爸爸好可愛喔～～」。

我們全家就只有我一個人個性彆扭。

也不是說我這個人很冷淡還是怎樣，只是我不像我爸媽那樣什麼事都能直接表達自己的情緒。老實說，我覺得運動會那種東西到底要幹嘛啊，鋼琴發表會也是，我又沒有要走那條路。至於我同學，雖然還不討厭，但我也常常覺得他們真的好幼稚，而且一天到晚黏在一起，一直黏到放學前，真是累死我了。

我好像有種永遠都在旁觀著什麼的性格，所以我很清楚在大人跟老師面前自己應該怎麼表現，而且如果大人稱讚我「小堇真是個好孩子」，我還會覺得那個人好白癡。真是個性很差、很差。我不太想這樣想自己，但最近我真的很討厭自己，覺得自己好齷齪，好奸詐。

像外祖父的事也是。雖然我嘴巴上說「好高興外祖父來我們家住啊！」但一回到自己房間後卻如卸重負成那樣，真是卑劣噁心又無情的小孩。堆出假笑我最會，表面裝乖更是我的拿手好戲。啊——這個外孫女到底有多麼噁爛哪！

心情盪到了谷底。看了一眼月曆，外祖父來我家的日子才過了不到一半，不禁嘆出氣來。

「小堇，怎麼啦？妳在嘆氣耶。」

有一天被小櫻發現我在嘆氣。我以為我不會在別人面前這樣的，沒想到太大意了。

「嘆氣？我嗎？」

「對呀，妳剛這樣『啊——』地嘆了好大一口氣噢，妳怎麼啦？還好嗎？發生了什麼事？有什麼心事嗎？妳都可以告訴我啊！」

小櫻這個人就是這樣，什麼事都可以誇張上十倍、二十倍是出了名的。她喜歡黏著我只是因為我們兩個人的名字裡都有花。那時候，她也這麼說：

「我們兩人的名字裡都有花耶，妳說這是不是奇蹟？」

（「奇蹟」也是她的口頭禪之一。）

「沒什麼事啦，只是覺得夏天又要到了。」

「噢～夏天！我也很討厭夏天～又熱、又黏，悶死人了——！」

這幾個字的意思不是都差不多嗎？我很想這樣吐槽，但沒說出口。

小櫻是個好人，個性不好的人應該是我。最近該怎麼說，有時候……不，是時常覺得小櫻這個人真的很煩。每次這麼一想，心情就有點悶。我真是個壞孩子，沒感情又惡劣的人，像小櫻這麼好的人，我怎麼會這麼想呢。

「啊——！妳看妳，妳又嘆氣了！」

回家時，發現門鎖著。我從信箱中取出黏在內側的鑰匙，一打開門，屋裡好靜。走去客廳時，發現桌上留了一張媽媽寫的紙條。

「外祖父去散步了，我去買東西，妳不要忘了練琴哪。」

太棒了——！我歡呼，家裡只有我一個人！

我把書包一扔，撲躺在沙發上。接著突然動念，便去廚房裡拿了布丁跟花林糖，一邊看著無聊的電視節目，隨手抓起多少就吃多少，真真切切呼吸到自由的空氣。

「真想要自己一個人哪～～」

我脫口這麼說。想要自己一個人，不應該這麼想，可是心底真的這麼渴望。我喜歡爸爸，也喜歡媽媽，可是我還是想去一個沒有人認識我的地方，沒有小櫻也沒有老師，就只有我一個人的地方，這樣子不知道該有多輕鬆。

「真希望只有自己一個人。」

我又說了一次。這時候忽然喀嗒一聲，我嚇得停止呼吸，立馬跳起來。傳出聲音的好像是外祖父那間房間，我全身發涼，外祖父難道在家？他不是去散步了嗎？

「外……祖父？」

我一出聲探問，紙門輕輕拉了開來。身體這麼冷涼，我卻冒出噁爛的汗。我傷到外祖父的心了！現在這種情況，我居然說我想要自己一個人，這不是擺明了看外祖父很礙眼嘛！

「小菫。」

可是外祖父的神情完全出乎我的預料，他看起來既不傷心，也不覺得尷尬，而是怎麼說，好像有種解脫了的神態。

「我也好想。」

那是我第一次跟外祖父聊了那麼久的天。

他在我身旁坐下，隨手抓起一把花林糖。雖然依舊穿著整齊好看，但沒穿拖鞋的腳下竟套了一雙老舊的五指襪。光是這樣，就讓他看起來分外邋遢。

「真的快累死了，我老實說。」

外祖父也用力嘆了一口氣，完全跟我有得比。

「自己的女兒對自己這麼好、這麼費心，當然是很開心，可是我老實說，如果有人這麼一古腦地把所有親情都灌注在你身上，真的很累人。我也好想要自己一個人獨處，好想趕快回去我在長野的家啊。」

「咦？」

「當然哪，妳想想，我在這裡完全沒有自己一個人的時間，妳也覺得不自在吧，因為我在妳家。」

「不自在……？不會呀，我很高興呀，你來家裡住……」

「不要跟我客套，真的，我很能體會妳的心情，妳跟我們兩個很像哪。」

「我們？」

「就是妳外祖母還有我呀。」

「外祖母？」

接著從外祖父口中聽到的事情簡直超乎我想像。那位人見人愛、溫柔高雅的外祖母，在外祖父口中居然是位講話尖酸刻薄，惡形惡狀還會三不五時說自己好友壞話的女人！怎麼可能～～！

「外祖母？不會吧？」

我嘴巴上這麼應和，心底卻不知不覺興奮起來。瞄了一眼外祖父，他神情中居然也有種莫名的雀躍。

「小董，妳很想當個好孩子吧？可是很累對不對？我也是。我連對我自己的女兒都感到很累。我們從來不在那孩子面前展現不好的一面，所以才把那孩子養成了那麼一個善良到離譜的好孩子。也所以她才會像那樣嘛，一點都不會掩飾自己的熱情。妳看她不是直爽得不得了嗎？那種性格啊，有時候真讓人有點累。」

我忍不住失笑。

「累？外祖父，她是你女兒耶！女兒不都是好可愛、好可愛的嘛？」

「我跟妳說，這世上沒有什麼因為是自己女兒，就自動自發覺得她真是太可愛了的道理。」

「咦——？」

「我真不懂為什麼大家都那麼自然、自動地信仰親情？妳外祖母也這麼說過，女人不是一生完小孩就會自動爆發母愛，是因為大家都把『每個人都是這樣』的框架套在自己身上，所以才會那麼展現。老實說，我雖然對妳很不好意思，可是我也沒有因為妳是我外孫女，就自動覺得妳真是好可愛的心肝寶貝呀。」

聽到這裡時，我已經完全捧腹大笑。

「可是孫子、孫女不都是扎到眼睛裡面也不疼的嗎？」

「怎麼可能不疼！當然會疼哪！」

其實我本來就喜歡外祖父，應該吧。可是現在這樣的外祖父，我更喜歡。

當然我也知道外祖父現在的這一面應該不能讓我媽知道，所以外祖父跟我約好了。

「我們就當做是在角色扮演。」

「扮演？」

「對，妳演我的外孫女，我演妳的外祖父。我們在這一個月內，各自扮演好自己的角色，妳覺得怎麼樣？為了我的女兒，還有妳的父親。」

這聽起來真是太酷了，我跟外祖父儼然是兩個共享邪惡祕密的惡棍。

「只要把它想成是角色扮演，就會很輕鬆了。」

從那一天起，我跟外祖父各自忠實扮演好自己的角色。晚餐時，我們會親暱聊天，一起陪小愛玩，反正就是在家裡的時候時常在一起混。我媽看了，欣慰得都快飆淚了，這更帶給了我們各自達成自己任務的動力。傍晚時，我們會一起帶小愛去散步（我媽當然狂喜呀），把各自累積了一整天的邪惡一面表現出來，回家後再度溫馨地談天。我跟外祖父忽然熱絡起來的樣子連我爸看了也很訝異，當然也很高興。我覺得外祖父跟我真是搭配得不錯。

到了假日，外祖父帶我去他參加學會的那所大學。

放假時沒課，但校園裡有很多人。笑容燦爛的啦啦隊正在排練，路旁有些人在喝酒，大講堂前，電影研究社的成員正在轉動八釐米底片。

「小董，妳仔細看喔。」

這天外祖父照例穿得很瀟灑，手上拿著一把手杖，每當有學生路過跟他招呼的時候，他便露出一臉迷人的笑容回應，每次都看得我快要笑出來，在心底罵「你這個騙子！」（但當然我也擺出了迷人笑容與人招呼，我們完美演出一對「出色好祖孫」）。

「啦啦隊的人精神抖擻得離奇，大白天就開始喝酒的人也吵得離譜，電影研究社的人講話裝模作樣。他們有些人也許原本天生就是那樣的性格，但絕大多數的人其實是配合身旁的情況去慢慢調整自己的行為。」

外祖父說的話很有意思。

「我們的軀體不是完全按照我們自己的意識在行動，而是有什麼更強而有力的東西在驅動我們，那個東西也許可以說是社會吧。總之如果我們有什麼可以配合的地方就盡量配合吧，因為在這世上，我們都是被賦予了角色的演員呀。」

聽了外祖父的話，讓我感到很輕鬆。

在學校裡，我也開始能盡心去扮演好自己的角色。每當覺得小櫻很煩的那一瞬間，我就想，「不行，我要扮演好『小櫻的貼心好友』」，這麼一想，就真的會對她多一點耐心了。在老師面前，我則演好「優秀的學生小堇」這號人物。有人稱讚我時，現在我會覺得對方是誇讚我「演好了自己的角色」，能直爽地接受讚美並且感到開心。

而且只要想到一回家後就能在外祖父面前展露我原本性格中暗黑的一面，我便覺得很期待。一開始，我覺得這樣很不好，覺得自己個性真爛，可是跟外祖父聊過後便不那麼想了。

「有些人可能會說這是在說別人壞話或卑鄙、性格差什麼的。」

「對呀，我也這麼想，所以開始很討厭自己。」

「可是啊小堇，妳之所以會這麼做，其實是不想傷了小櫻的心吧？還有妳很想滿足老師的期待，對嗎？」

「嗯，對呀，對。」

「所以妳的動機是出於體貼。」

「體貼？」

「對，這跟騙人不一樣，妳不是藉由欺騙別人而從中得到什麼好處，這一點很重要。換句話說，我們不能為了想要得到什麼好處而去扮演某個角色。妳如果覺得某個人有錯，而且這件事情要告訴對方，對他會比較好，那妳當然要說。要抱著會傷害到對方的覺悟去與對方對峙。可是當一件事情並不是對方的錯，而只是兩個人性格不合之類的時候，妳只要想，對那個人來說，**他的角色就是得這樣做**，妳就會想辦法去扮演好妳之於對方應該扮演的角色。」

「聽起來好難喔，不過我感覺好像有點懂。」

「妳不用全懂沒關係，只要知道，妳很努力想當一個好孩子是很了不起的事，這需要非常多的心血與努力。妳不是假裝自己是個好孩子，妳真的就是一個好孩子，所以妳才能這樣做。」
「哦，我被稱讚了呢。」
我一直覺得自己很討厭，（以前）一直覺得自己在大家面前表現得像個好孩子，其實偷偷覺得大家很幼稚，真心覺得小櫻很煩，也覺得外祖父待在家裡讓人喘不過氣來，這樣的自己很惡劣，是個壞孩子。但是，外祖父卻誇獎這樣的我「真是好孩子」。
「如果妳真的當著我的面說『我覺得外祖父待在我家好討厭喔，你什麼時候才要回去？』說真的，連我也會哭出來呢，也不可能會覺得妳是一個本性很好的小孩。畢竟大家本性都很好呀，只是看能在態度上展現出多少而已。」
我不禁噗哧出來，只要是跟外祖父講話，永遠都這樣輕鬆開心。
「對了，外祖父，我每次看見我爸吃納豆的時候都覺得好噁心噢，可是我沒跟他講耶。」

「對吧？妳真是一個好孩子。誠實跟善良是兩回事。」
我相信爸爸跟媽媽或甚至像這樣跟我們一起散步的小愛，一定都沒想到我跟外祖父聊的內容居然是這些？要是讓他們知道了，不曉得會不會難過？唔……我想應該不會難過，只是多少會驚訝吧。不過我絕對不會講出去，為了媽媽好。

「還有呀，小菫，我們只能給特定的人看見我們黑暗的一面，那個人一定要是值得我們信任的人才可以。絕不可以在網路上亂寫，那樣太低級了，尤其如果有可能傳入當事人耳中或被對方不小心看見的話，就絕對不能那樣做。」
「好啊，我只跟你說。」
「妳外祖母也只會在我面前展現出她惡劣的一面，她那個人總是為別人著想，全力滿足大家的期待。有時候累了才在我面前稍微發發難，但她絕不會讓別人看見她那副態度，所以也絕對不會傷害到別人。」

「外祖母好厲害噢！」

「不厲害、不厲害，一點也不厲害，但是我最喜歡她了。」

我打心底相信外祖父說的是真的。外祖父與外祖母合力演繹出了一對「出色的夫妻」，累了的時候，就回家把自己醜陋的那一面攤在對方面前發洩一下，真是最棒的伴侶了，而且要能遇到一個能讓自己這樣做的人，簡直是奇蹟。

「外祖母不在了，你會不會很寂寞？」

「很寂寞呀，非常寂寞，真的。」

外祖父看來好像很安於一人平靜的生活，其實他一直很寂寞。但他只把這份寂寞收在心底，沒有跟任何人講，一路這樣過著日子過來。

「很寂寞。」

再過一個禮拜，外祖父就要回去了，我也好寂寞喔。非常、非常。我想起自己一個月前那種心態，簡直難以置信。

「你要是想找人發洩你黑暗的那一面，就打電話給我。」

「給妳？」

「對呀，你打來直接把那一面展現給我看，我可以代替外祖母。」

「可以嗎？」

「可以呀，我也很困擾呀，以後不知道要在誰面前發洩才好。」

「是噢，是這樣沒錯。」

「對嘛。」

小愛放了個屁。一看我們發笑，小愛好像很高興地搖起尾巴。

外祖父要回去那天，我媽的兩行淚流個沒停。其實這早就已經料想得到。

說真的，我還真是很喜歡我媽。真性情的媽媽，真性情的女兒。

「父親，你一定要記得跟我連絡呀。」

媽媽把手放在外祖父肩頭那一刻，我心頭忽然閃過了一個念頭。該不會……媽媽也只是很認真地在演好一個「深愛父親的女兒」這樣的角色吧？

媽媽很愛外祖父，這當然是鐵一般的事實，只是她會不會也是出於體貼之情而刻意展現得更多呢？如果「母愛不是天生的」，那麼「小孩對於父母的孺慕之情」應該也不是天生的吧？

「真的很謝謝妳。」

外祖父也把自己的手依偎上母親靠在他肩頭上的手。兩人看來就是一對超級完美的父女，甚至是比父女更令人激賞的存在。他們兩人各自完美成就了自己的角色、成全了對人的心意。一對出眾拔萃的生物。

大姊頭

我的人生一路喝了不少酒。

第一次是在十七歲的時候。那時有個叫做「麻衣」的朋友，男朋友是大學生，說好了要一起出去玩。我們四個人去了一家卡拉OK，一進包廂後兩個男的就開始點酒，害我有點小緊張。

第一次喝的酒是黑醋栗柳橙，因為麻衣說她姐姐說那酒很順，很容易入口。我們一點完，那兩個男的馬上笑說「黑醋栗柳橙？妳們這樣一看就知道不會喝啦！」現在我已經知道他們之所以取笑我們是因為想裝成熟，可是我記得他們兩人也猛點琴湯尼，所以他們也嫩得很嘛。對，沒錯，我記得他們說他們才剛滿二十歲（麻衣那時常說她那個二十歲的男朋友怎樣怎樣）。

那兩個人說飲料無限暢飲，不喝不划算，所以我們兩個也一直續杯。黑醋栗柳橙果然很好喝，很順，不過最後當然是醉啦。麻衣全身軟塌塌地把她的頭枕在她男友腿上，她男友看起來則很高興似地撫摸她的頭。我看了有點欣羨

（後來麻衣有一次鬧得很大，說她「可能懷孕了」，最後就跟那男的分了）。

我頭很暈。覺得身體的界線彷彿變得很模糊，好幾次想要扯開喉嚨大喊大叫。一回神的時候，發現另一個滿臉青春痘的人正在吻我。我的初吻。

上了短大後，也幾乎每天都跟不同大學的人聯誼。那時候到處都在開新生歡迎會。

「妳不是才十八嗎？不能喝吧——！」

一有人這麼說，我馬上回：

「我從十七歲就開始喝了啦——！」

通常這麼一回，場子馬上會熱起來，一杯又一杯的酒精類飲料立刻往我這兒送（其實自從卡拉OK那次之後，我就沒再喝過了）。

「喝——！喝——！」

生平第一次嚐到的紅酒，老實說滋味又澀又難喝，可是我說「很好喝耶！」前輩馬上讚好「不錯哦——」又幫我倒酒，結果就一直喝一直喝，喝到一半我就吐了。我看著自己吐出來的紅色嘔吐物，心想好像在吐血喔。

我喝了各式各樣的酒——日本酒、龜殼花酒，不曉得為什麼，每次吐總是吐出紅色的嘔吐物。開學才一個月，我已經對著一個連名字都還不知道的人解開了鈕釦，當然那是我的第一次，可是幸好喝了酒，一點也不畏怯。

最後我參加了所謂「活動型社團」，但其實就是在喝酒而已的社團。成天都喝，有時候甚至從大白天就開喝，才大一，我已經被冠上了「大姊頭」這樣的綽號。我比誰都能喝，比誰都能醉，比誰都狂吐。我會把酒倒進洗臉盆喝，會拿起整瓶紅酒對著嘴灌，會穿著衣服跳進河裡游泳。當了學姊後，我開始拍著學弟妹的後腦勺喊「給我喝！」只要這麼一瘋，大家就會很嗨。

「果然是大姊頭！」

男男女女，個個捧腹大笑。

畢業後，我到了一家食品公司當事務派遣員工。面試時主管說我「很開朗」。我總是張嘴大笑，被課長笑呵呵地念「真不淑女！」新進員工歡迎會上，我毫不扭捏就公開了以前被叫做「大姊頭」的事，第一杯啤酒二話不說馬上乾掉，引得眾人拍手叫好，第二杯也不囉嗦地就清空了。才剛聚會，我已經開始茫。

「大姊頭妳這樣怎麼交男朋友呀——！」

上司這麼說，我立刻回嗆「吵死了耶你！」大家一看我講話沒大沒小，立刻就嗨了起來。

那天我創下了個人史上開喝最多的紀錄。我纏著要趕末班車回家的同事們再去續攤，一直鬧個沒完，最後還躺在地上攤開手腳大喊「我不要回家——！」

同事們紛紛拿起手機拍下我的糗樣，最後把我塞進一輛計程車中，之後我還打開正要駛離的計程車窗大喊。眾人大笑的身影，在我眼前逐漸遠去。

「酒癖差」成為我引以為傲的特質。只要有聚會，大家都會邀我去。客戶來時，公司的人也會這麼介紹：「這位小姐，外號叫做『大姊頭』哦！」事實上，公司的人也曾帶我去參加客戶的聚會，那一次我是真的喝太多了，癱在廁所裡出不來。隔天主管說我連內衣褲都露出來地癱在廁所裡睡著了。眾人聽了大笑。

「拜託！就算看到大姊頭的內褲，也沒什麼慾望啦——！」

可是那麼講的傢伙後來跟我有了一腿。之後我也在酒醉狀態下陸續與好幾個人發生了關係。沒有穿幫，沒被任何人發現。在那家公司，待了差不多兩年左右，約滿後他們沒有續聘。後來的下一家公司，也是兩年期滿就讓我走人了。

我也想過要不要繼續去別的公司當派遣員工，但又擔心會再次發生沒被續聘的窘況，一直游移不定。那時，我想起了念書時期一個學弟這麼說過：

「大姊頭，妳很適合去夜店上班耶！」

想想也沒錯，一邊上班還可以一邊喝酒，簡直太完美了。那學弟還說「大姊頭，妳就負責搞笑就好啦」。是耶，我既不是美女，也不是可愛款的，但我能喝。夜店女人不是走可愛路線，就是走美女路線，在那裡面，有一兩個像我這樣的人應該也不錯吧？我心想試試看也沒差，那年，我才二十四歲。

去面試時，酒店的人嫌我「長得真醜」。

「你也太狠了吧～～！我也是人生父母養的耶！」

挑釁地這麼一回，店長瞬間噗哧笑出來。

「好啦好啦！以性格來說，也是有妳可以走的路線啦。」

就這麼決定了。

「二十四歲？不年輕嘍。」

於是拍板定案，讓我走搞笑歐巴桑路線。

一開始，我接的第一位客人，人非常好，是位優雅的初老男士，我們店裡的常客。很難相信這樣的人居然會每天上酒店。那位客人的姓氏是「園田」，每次都指名我們店裡一個叫做「姬香」的小姐坐檯（她二十六歲，可是不用走歐巴桑路線，可見路線這種事也不是完全照年齡來決定）。姬香是個有著明亮大眼、大胸部，真的很漂亮的女人，完全符合了我心中對於「酒店女人」的想像。

「妳今天第一天嗎？」

「對呀，真不好意思噢，來了一個我這樣的醜八怪！」

「呵呵，妳好開朗喔。」

姬香也對我露出笑容。接著，她教了我怎麼呼喚小弟，還有怎麼漂亮俐落地整理菸灰缸。閃耀在她脖子上那條漂亮的鑽石項鍊，也是園田先生買給她的。

接著我又轉檯去另一桌，又去了另一桌。每到一桌，大家都很歡迎我，女孩子都對我很好。到了第三桌時，我已經學會怎麼完美斟酒、俐落地擦掉杯緣水滴，還有怎麼趁客人還沒留意時更換菸灰缸。

那天我接待的最後一桌，決定了我往後的形象。

「哇～～搞什麼啊！終極大魔王喔——？」

那三個人是第一次上門光臨的上班族，每個去坐檯的女孩子都被他們笑醜。的確，坐在他們那桌的那兩個女孩在我們店裡也是屬於姿色不佳的，其中一個被問了年紀時回答說二十歲，馬上被罵「醜女！」搞得那女孩子臉色一陣青、一陣白。

「我二十四嘍～～！」

「我又沒問妳！」

「二十四歲，不就歐巴桑了？而且還長那麼醜！」

「哎唷，我負責搞笑的啦！」

「搞笑個屁呀！我們不要搞笑的，換一個可愛一點！可愛一點的！」

「你想要可愛一點的之前先過了我這一關吧——！」

我擺出一副終極大魔王的架勢（其實我也不知道那到底是什麼樣的臉，就是把鼻孔撐大、牙根露出來）。這麼一來，那幾個男人忽然嘩聲大笑。

「搞什麼鬼呀，妳好嚴重啊妳！」

「來輸贏啦——！」

接著我們開始拚酒。我把只兌了一點點水的酒一口氣乾掉後，幾個男人居然拍手叫好，明明酒錢是從他們荷包裡付的。

「哇靠！妳妖怪哦！」

那幾個男人好像是在什麼很厲害的公司上班，他們邊喝邊跟我說他們如何如何會賺錢，又是如何如何承受了巨大壓力。其中一個男的一直打我的頭，搞得我後腦勺很麻。還好喝了很多酒，沒覺得很痛。

「多喝一點啦醜女！」

我翻起白眼，回嘴說「那你酒來啊——！」那些剛剛還不大開心的女孩子也笑了。

結果搞到我第一天上班就狂吐，可是成就感非同凡響。後來那幾個男人時常來捧場，一來必定大喝特喝，也狂灌女孩子們酒。有些女孩子不願意乾杯，幾個男人自然不肯罷休，結果搞到後來，自然會叫我去坐檯。

在酒店上班真的滿輕鬆的。

就算是第一天見面的女孩子，在那一檯坐下來後大家馬上會產生一種「連帶感」，不管是哪個女孩都是這樣。那種同伴之間的情誼令人感覺很舒服，不知道什麼時候起，果然大家又開始喊我「大姊頭」了。總之我這麼能喝，店裡的人自然也很看重我，也有愈來愈多人點我的檯。

「大姊頭，四號桌客人點檯——！」

大學學弟說得沒錯，我果然適合走這一行。

「媽媽」——手機顯示未接來電，分別是晚上九點過後跟十點，兩次。

我沒跟我媽說我在夜店裡討生活，所以一定要仔細算好給她回電的時間。那天我也喝得很茫，隔天宿醉頭痛得很，可是還是拚命一大早起床，趕在八點前給她回電。

「哎唷，妳怎麼這時間打來？」

感覺已經好久沒聽過我媽的聲音了。

上了短大，一個人住之後，我每到週末一定打電話給她。雖然說的不外乎是「最近好不好？」「有沒有好好吃飯？」可是我知道對我媽來講，那應該是非常珍貴的電話時光。

「對不起噢，昨天公司聚餐，沒辦法接電話。回來以後又太累，直接睡死了。」

「沒關係啦，也沒什麼事，只是在想妳最近不曉得過得好不好。不用這麼早打來啦，妳晚上再打一次給我吧。」

「可是，今天晚上也有聚餐耶。」

「咦，怎麼每天都聚餐哪？」

「……剛好這禮拜什麼事都湊在一起。」

「沒問題吧？他們也會要妳喝酒嗎？」

「不會啦，我只是去出現一下而已，真的就像去那邊當花瓶還是作陪一樣。」

「真辛苦……不過也對，現在跟以前不一樣了，現在要是叫年輕女孩子乾杯，肯定會鬧出很大的問題來吧。」

「是啊，現在沒人敢這樣了。」

我媽以為我還在食品公司裡當上班族。為了怕她臨時來時會露出馬腳，我一直把家裡整理得很乾淨，沒擺半樣酒類飲料。不是我藏得好，而是我在家裡根本滴酒不沾。

我媽家裡也沒擺酒，頂多只有料理酒跟味醂而已，因為她從小時候就因為她爸——也就是我外公太愛喝酒而吃了不少苦。

「酒鬼真的讓人看不下去，妳不覺得嗎？」

聽說她跟我爸剛結婚時，我爸完全滴酒不沾。

「所以我才決定跟他結婚的，誰知道——」

不知從什麼時候起，我爸開始一天到晚喝酒。後來聽我媽說，是換了公司以後才變那樣的，聽說那時候的主管是個「不喝酒怎麼談工作！」的那種人。

「可是他自己也要懂得節制，適量就好。我看妳爸本來就愛喝啦，我跟他結婚那時候是被他騙了。」

我爸平常是個話少得根本像空氣一樣的存在，可是一旦喝醉了回來，才剛進門就在玄關那邊大鬧一通。我媽說小聲一點啦，這麼一講就更不得了了，我爸更是扯開了嗓門大吼大鬧，那種時刻我總是裝睡。有時我爸還會在家裡亂小便，我會聽到我媽邊收拾邊哭的聲音。

隔天一早，我爸會馬上變了一個人。迥異於前一晚的惡形惡態，一直低著頭，早餐也沒敢吃，一副覺得自己前一晚很丟臉的樣子。我媽則會把他前一晚的所有罪狀細細數來，甚至還曾經把他晚上的醜態錄音下來。

「就算不喝不行，難道一定要喝成那樣嗎？」

我爸一句話也沒吭，弓著背，完全凝結。

「真是看不下去！」

他們兩人分手是在我十一歲的時候。

有一天，我爸忽然從家裡走了，事前沒有告訴我。之後我就一直跟我媽兩個人同住，直到離家獨立為止。我後來從沒見過我爸。有一次我媽問我「會寂寞嗎？」。我說「嗄，什麼？」

「我得去上班才行了。」

「噢喔對喔。好啦好啦，妳真的不要喝酒喔。」

「知道啦。」

有一天，店裡來了一個知名男星。說是來慶生續攤，第三攤了。他們一群大概有八個人吧，裡頭還有不是那麼有名，但也在電視上看過的男星跟前足球選手，剩下的其他人則都一副非常「業界人士」的模樣，氣場都很強。店長把他們帶到我們店裡最大的一張桌子，並且把所有女孩都叫來充場面。

那個男星已經醉了。名為A的那個人完全看不出已經快要四十歲了，皮膚光滑，長得果然很俊秀。我從十幾歲的時候就覺得他很帥，所以他們叫我去坐檯時我都快樂昏了。

「哈囉~醜八怪要來這桌坐檯嘍~~！讓一讓、讓一讓——！」

我突擊到A的身旁一屁股坐下。就算我這麼做，店裡的女孩也不會生氣，反而還會拍手笑嚷「大姊頭來了~」。

「終於見到本人了耶——！」

我幾乎是用吼的這樣嚷出來，A馬上一臉不快。啊，失敗了，我想。那之前，我也曾因為這樣突擊客人而被客人擺過臉色，不過我通常可以把場面轉回來，因為大家畢竟是來酒店玩的嘛，就算不快，只要不說出太失禮的話，通常大家都會笑笑就算了。

「喂喂喂！你臉上擺明了寫著『來了一個醜八怪』耶——！」

我一裝腔作勢這麼鬧，其他小姐全笑開來，只有A連嘴角動都沒動，也沒看著我。我又喊「你當我不存在啊——？」他依然無動於衷。

我搞笑地說。

「該不會是有什麼眼睛不能看見醜八怪的病吧……？」

他自言自語似冷冷地說。

「一開口就有病沒病的，真懷疑人格有沒有問題。」

「我人格留在我媽肚子裡忘了帶出來啦！」

我以包含A在內，所有人都聽得見的聲量這麼喊開後，大家居然沒笑，連我們店裡的小姐也沒笑。

我拿起酒杯問：「我可以喝嗎？」因為我們小姐沒有客人的允許是不能喝酒的。可是A什麼也沒說。其他小姐紛紛擔心地望著他，我把臉湊近他耳畔說：

「哈囉～你聽得見嗎？人家想喝酒啦～酒酒酒～！」

A很大聲地咂了一下舌，把在場所有人全都嚇得鴉雀無聲，接著用他那對大眼睛瞪著我，「我說妳……」，他正打算開口說什麼時——

「那……那個……大家好——！」

頭上突然傳來這麼一聲，我一抬頭，看見一個瘦巴巴的、個子高高、頭禿禿，看起來就很窮酸的男人站在旁邊。我感覺好像曾在哪裡見過這個人，這念頭剛閃過，身邊一個小姐就說：

「咦，感覺好像有看過這個人耶！」

那群男人早已嘩～～地叫了起來。

「不會吧～真的來啦——！」

「傳聞原來是真的！」

我想起來了，這個人是幾年前稍微紅過一陣子的藝人，名字的確是叫做……

「阿森！」

對！阿森。那時他就已經是個禿頭了，看起來超落魄，也就是那副窮酸樣讓他搞出了人氣（其實我也只在深夜節目看過他）。他就是那種會突然莫名其妙來個搞笑招數，可是那一招完全不好笑，結果被其他藝人吐槽笑罵，靠這種被自家人吐槽的窘況來製造出笑果的類型。不過他很堅持不泡熱水也不脫衣服，所以被其他藝人臭罵「像你這種爛咖還有什麼行不行的噢！」年輕的藝人則會一直巴他頭。

「什麼傳聞？」

「聽說他在我們這一行裡到處留電話，只要有人打電話給他，三十分鐘內就會出現哦。」

「對對對！說只要說要請他吃飯、請他喝酒，無論人在哪裡都會趕到。」

「咦——所以他真的就這樣來嘍？」

也就是說，這個阿森跟在場這些人根本完全不認識。

「呃嗯——對啊……那個……謝謝你們叫我過來。」

他說完，低下頭，大家看著他那副樣子都笑了出來。確實，這個人只要站在那裡，說點什麼，馬上就會被人瞧不起，就是這種會被輕視的類型。

「來啊，阿森，坐，你坐啊！」

明明是第一次見面，A卻連什麼稱呼也沒加就直喊姓名，那位阿森一臉抱歉地挪到角落邊坐下，畏畏縮縮左張右望。

「沒關係啦！你過來這——」

結果那個阿森就被叫過來擠在我跟A的中間坐下，他身上有股酸臭的汗味，肩膀上掉了好多頭皮屑。

「你怎麼會真的過來，你又不認識我？」

「我……對、對……可是……我想喝酒……」

「你白癡啊！你也太沒禮貌了！」

「啊！對、對不起！對不起！對不起！」

「你真的跟我聽到的一樣完全是個廢物耶！今年幾歲啦？」

「我、我今年五十三！」

「那不是地獄嘛你——！」

大家全都失笑。小姐們也一秒就判斷出這個人可以欺負。

「你要喝點兌水酒嗎？」

我壓低聲量問他。那個阿森瞪大了眼睛低了低頭，頭皮屑掉在我手上，我悄悄揮掉，快速做了杯濃一點的兌水酒給他。

「喂，阿森！那麼醜的你不會也硬了吧——！」

遠處傳來這麼一嚷。

我馬上喊道「快對我硬起來～～！」大家全都笑了，連A也笑了，大家開始把我們兩個湊成堆。

「阿森，我看你今晚就約她吧。」

「大姊頭很寂寞哪～」

大家每講一句，那個阿森好像就真的很惶恐的樣子。

「不、不行啦！我、這、這麼漂亮的小姐我、我不夠格啦。」

他邊說，口水邊到處亂噴，沾在我手腕上，我輕輕擦掉，一邊嚷著「你快點約我啊——！」「不要這麼客氣，我會傷心耶！」

「阿森，你叫大姊頭讓你摸胸部啦！」

A這麼一喊之後，其他小姐全都「咦——」了起來。

「不、不是……這、這……」

「幹嘛啊？連你都討厭醜女喔？」

「不是啦……我、我…想摸啊！可、可是……」

阿森緊張地直搔著頭，頭皮屑飄揚在空中。我立刻把他的後腦勺一抓，「你過來呀！」就往我胸前一塞。大家全都笑喊到瘋了，有人還吹了口哨。

「接吻！接吻！接吻！」

我也知道大家會這麼喊。我扶起阿森的頭，雙手穩穩撐著他的臉，距離只剩下五公分了。這是他進到店裡後，我第一次這麼直視他的眼睛。

……爸。

我想起了我爸。阿森那大大的黑眼珠跟好像含了水似的眼睛看起來都很像我爸。好奇怪噢，我完全沒見過我爸了，老早忘了他的樣子，怎麼會這一刻突然這樣想呢？

仔細看進阿森眼裡的人恐怕只有我吧。他的眼睛跟他的行為舉止或態度完全不同，絲毫沒有半點畏怯。沒有含著怒意，也不是在害怕什麼，那對眼睛就只是筆直地回望著我。

阿森起身要去廁所時，A一把往他的胯下抓去。

「搞什麼啊！你根本就沒硬哪！」

我的舌頭剛纏上了阿森的舌頭，所以他嘴上現在沾著我的唾液。

「去廁所打一炮啦！」

A說著，往我的屁股上擰了一把。我回頭大叫「現在就去！」

阿森進去廁所時，我拿著濕毛巾在外頭等他。這是我們店裡的規矩，不過我也好想就那麼一直站在那裡就好。那個角落是個死角，外頭的人聲聽起來都很遙遠。我有點茫，不過還不是那麼茫，畢竟A他們也沒說我可以喝酒。

阿森出來後，我把濕毛巾遞給他，他對我說了聲謝，低下了頭。低下的頭頂上已經禿得很嚴重了，還沾了一大堆頭皮屑跟爆米花碎片。那是剛才大家往他頭頂上倒的。大概剛洗完手後他也沒照鏡子吧。

「你不要動……」

我站在那裡把黏在他頭上的碎屑一片片拿掉。有些比較大的頭皮屑也能拿就拿。阿森靜靜就那樣低頭不動，感覺很像什麼可憐的小狗。我瞧見衣領深處也沾了些碎屑，伸手要去拿時竟意外瞧見了刺在後背上的一大片刺青。我心底一顫，我手沒有停下來。

「好了，拿得差不多了。」

我一說，阿森抬起頭來直直瞅著我看。他那對眼睛，果然是筆直地瞧進人的心底，我被看得都要叫喊出來了，趕緊說：

「喂！你剛才有沒有漱口啊，我剛舌頭喇進去喇得很厲害耶！」

這麼誇張地說完後，他稍微笑了，我感覺胸口一緊。

「那個啊……」

他要跟我說什麼。

那一刻，我真的有死的決心。

我不誇張。要是他跟我說「妳怎麼會這麼可憐哪」或「妳真是讓人看不下去耶」，我真的會當場想點辦法去死。可是他只是靜靜這麼說——

「有妳在，真的很開心。」

念短大時，我知道有些女生打心底瞧不起只要一喝酒就亂發酒瘋的我，也知道有人在我背後說我那種樣子「真難看」，當然也明白公司裡有人說「她那樣子應該要去看醫生了」。

「真是看不下去！」

第一次喝酒時，朋友的男友帶來的那個人一見了我就很不滿，我很清楚。我知道我長相不好看，性格也不有趣，感到很抱歉。所以當那個人親我時，我真的鬆了一口氣，原來只要一喝酒，就能這麼容易跟人親近，這麼容易為人所需。

「真是看不下去！」

三杯黃湯下肚之後，我便能覺得自己是個「好笑的傢伙」。我知道我不是搞笑成功，而是被人家看笑話。可是只要有一個人願意為了我笑，我便覺得得到了解脫，但就是這個「真可憐」這句話，我無論如何不願被人這樣想。

「真是看不下去！」

我不想讓自己覺得我爸離開了之後，只剩下我跟我媽相依為命的日子「很寂寞」，也不想讓其他孩子覺得我「沒有爸爸真可憐」，所以在學校裡面只要有一丁點好笑的事情，我便率先大笑。就算沒有那麼好笑，我也會拚命找出笑點來笑。家長參觀日，明明是輪到父親來參觀，我家卻是母親來時，我也會搶在別人說些什麼之前先自嘲「因為我家只有我跟我媽啦！」只要我先笑，大家就會覺得「這可以笑沒關係」。

三杯黃湯下肚後，我便會覺得自己可以待在當下所在的地方，就算被人嫌、被人看不起，只要有一個人肯為了我笑，我便得到解脫。

我爸人很好，雖然話很少，可是人很溫柔，我好喜歡他。以前一直想，要是他不喝酒就好了。我說，我最討厭爸喝酒了。

可是如今我已經懂得了我爸的心情。什麼酒啊，根本就不喜歡，如果能不喝當然也不想喝，可是要是不喝的話、不把自己灌醉的話，一天到晚都會覺得自己處境尷尬，惶惶然地連手腳都不知道到底該怎麼擺。

「真是看不下去！」

原來我爸努力過了。

不知道以前有沒有人跟他這麼講？如果沒有，我想跟他說，爸，有你在，真的很開心。就讓我來告訴他。

「有你在，真的很開心。」

阿森沒說什麼，讓我一個人靜靜哭個痛快。我定眼一瞧，發現他稍微捲起的袖口那裡看得見纏繞在手臂上的蛇騰刺青。我把他袖子拉好，藏起來。

「我們出去了吧？」

我拿著他剛才擦手的那條濕手巾抹乾眼淚。臉上的妝大概已經掉得亂七八糟，看起來三分像人、七分像鬼了吧，但我打算就這麼走出去，要是他們說什麼，我就說「因為剛才打得火熱嘛～」大家應該會嗨翻天吧？

「嗯，走吧。」

阿森牽起我的手走向座位，大家嘩——地開始鼓譟，放在桌上的威士忌酒瓶在店內燈光照明下，瑩瑩閃著光芒。

極光

提議去阿拉斯加的人是朵拉。

跟擔任舞者的朵拉比起來，比較容易有一段長時間休假的人當然是我這種上班族。朵拉在她們行內很有名，整年總是為了固定舉辦的國內外公演、客座表演與各種準備而忙碌，所以當她跟我說九月時搞不好可以休一個禮拜左右的假時，我非常高興，朵拉也很興奮。

阿瑪菲（Amalfi）、杜布羅夫尼克（Dubrovnik）、都柏林（Dublin）……挑來挑去，朵拉說：「怎麼講，我想去那種更無心的地方。」

我跟這個人在一起已經有兩年了，算是對她也有了一定認識。她這個人不大會用語言表達，大概是「在說話之前，她的身體就已經先開始動了起來」或「只要她一跳，勝過千言萬語」（我不知道看過她被媒體這樣描述過多少次）。

「無心的地方」。

我猜她想說的大概是——沒有人與人之間複雜的情感交流或糾葛，能更直接產生共鳴的地方。也就是說，都市不行，而且還要儘量遠離科技，不要遇到太多有人味（或沒有人味）的人的地方。

朵拉一個月前剛去了以色列公演，一定是在那兒碰到了各種人際紛擾，還陷在那裡頭吧？她回來那一天，在玄關要我去拿鹽巴對著她灑（她很相信那些眼睛看不見的東西），搞不好那時候有什麼東西還沒清乾淨，還糾纏著她吧？

「考艾島（Kauai）呢？」

「唔……」

「一個禮拜的話，大概不能去非洲吧？」

「非洲……」

朵拉的眼瞳沒動。每次只要她被什麼東西吸引或感興趣，那對眼瞳馬上會變得更深邃、更明亮。她第一次遇見我時就是那樣。

「尼泊爾呢？我們可以去博卡拉（Pokhara）或哪裡租個小屋……」

「阿拉斯加的話呢？」

朵拉像是在說給她自己聽一樣，這種時候，我根本毫無置喙之地，每次幾乎都是她自己那樣定案。

我們從西雅圖進入安克拉治（Anchorage）。

雖說是九月，過了中旬後的安克拉治也很冷，我們趕緊從行李箱裡拉出刷毛衣，路過的白人全都還穿著短袖，難以置信。

「白人的體溫比我們高嗅？」

我說。但朵拉沒反應，其實那是我有一次聽她這麼說的。這兒的路人少得令人覺得冷清得離譜，但即使連這樣的安克拉治似乎也還不能讓朵拉滿意，她就是一心想去更偏僻、更荒涼無人之地。

我們開著在機場租來的車子在安克拉治街上晃了一遭。第一次開吉普耶！方向盤好重喔！這樣興奮了一兩下子之後，朵拉又幾乎閉口不言了。在這兒只停留一晚，但可能對朵拉來說也還是太久。我們在一家看起來就是美國鄉村會有的小館子裡吃了晚餐（鮭魚跟大比目魚，都是阿拉斯加名菜），然後沒多晃晃就回去飯店。

隔天我一大早就被朵拉挖起床，前晚因為時差關係一直到早上才睡著，七點又被挖起來實在很想死，但朵拉好像一心只想趕快往北。

我們最後決定要去一個叫做費爾班克斯（Fairbanks）的地方，從安克拉治開車過去大概要七個小時。說好了要輪流開，但我猜，這一路上大概都會是朵拉掌握方向盤吧，她就愛開車。可能那也是她讓自己心緒簡單下來的一種方式，我不太了解舞蹈表演的世界，但第一次去朵拉家時就聽她說那一行其實也有很多拉拉雜雜的煩心事。

「我以為只要專心跳舞就好了，誰知道還有那麼多麻煩得要死的事啊。我工作時要講的話，居然比你工作時講的話還多耶。」

我在外商保養品公司裡當品牌公關，「講很多話」的確算是我的工作，但朵拉的表達方式也還是有點怪。

我跟朵拉是在一場香水的新品發表會上認識的。那一次邀請了很多名人，我負責接待朵拉。

朵拉那天穿了一件長達腳踝的黑洋裝，丰姿綽約動人。她雖然不美，臉上每個器官分開來看都不好看——眼睛隔得太開、臉頰太瘦、嘴巴太大，但湊在朵拉那張臉上就是有股獨特的妖豔感。任誰一眼看見她，都會覺得她好美。

朵拉就算穿上高跟鞋也還不到身高一六八公分的我的肩膀，可是只要她一站上舞台，她看起來比誰都有份量，也會留下比誰都躍動的痕跡，簡直就像一隻野生動物。你一看見她，腦中就會自動蹦出「天賦」這兩個字來，我想，神一定是給了她什麼特別的天賦吧。

一離開安克拉治，僅有的一點「人居」也漸行漸遠，只是一個勁地奔馳在眺望得到遠處群山的高速公路上。收音機中流洩出了鄉村音樂，強烈的陽光斜斜射進車內。

我在副駕駛座拿出了防曬來塗，朵拉說，味道好好聞喔。

「這是今年春天剛出的新品，黑醋栗香喔。現在這個季節紫外線很強呢。」

我把包裝拿給朵拉看，她笑說：

「你真的每次都有很多新產品耶。」

我本來想說那當然哪，我的工作就是推銷這些呀，但我沒說。汽油愈來愈少了，吉普車真耗油，完全沒想到。不曉得離下一個加油站還有多遠。我心中這麼擔心，但朵拉看來毫不在意。

「你看你看！什麼都沒有——！」

她好像真的很開心。不知不覺間，時速都飆到一百四十公里了。

我們訂了一間可以眺望得到麥肯尼峰（Mount McKinley）的度假小屋。從訂旅館到訂機票、租車的手續都是我一個人做，辛苦是不辛苦，只是九月半過後，阿拉斯加大部分的小屋都已歇業，找時還費了一番功夫。但淡季也有淡季的好處，人少。朵拉對於這點當然是很開心，而且一到了度假區後，因為沒有其他訂房，對方還幫我們升等成獨立小屋，更讓朵拉歡欣到歡呼。

小屋裡分成了上下兩層，開窗一路開到挑高的天花板下，從那兒可以看見外頭染成了一整片金黃的樺樹林與更遠方閃耀著皎白光輝的麥肯尼峰。

麥肯尼的正式名稱是德納利（Denali，意味「高峰」，為當地原住民語），好像以前稱為麥肯尼，後來為了表達對當地原始住民的敬意才改名為德納利。

「好久沒這麼清楚看得見德納利峰了呢。」

旅館老闆瑪麗是個年約五十五歲的白人女性，塊頭很大，看起來就是很典型的美國媽媽（感覺好像會烤出很多又甜又大的瑪芬）。

跟瑪麗講話的幾乎都是我。朵拉常去海外公演，應該也會講英文，但她這次好像無論如何都不想跟別人有太多接觸，連一開始還對著朵拉東講西扯的瑪麗到後來好像也認定朵拉一直偏著頭微笑，大概是聽不懂英文吧，後來她有什麼事要提醒的時候，都直接看著我的眼睛講話。

「她好可愛噢。」

瑪麗似乎以為朵拉是我妹妹還是我朋友吧。今年三十六歲的我年紀應該寫在臉上，但二十四歲的朵拉看起來還像個小朋友似地，尤其此刻既沒化妝也沒跳舞。

她在窗旁搖椅上坐下後就一直靜靜凝望著德納利峰不動，感覺好像很放鬆，可是背脊還是挺得筆直，讓我再度意識到朵拉的美。

為了吃晚飯，開車去了一個車程大約十五分鐘的小鎮。說是「鎮」，其實人口也只有八百人左右——塔基特納（Talkeetna）。植村直己攀登麥肯尼峰（那時候應該還是叫這名字吧）失去聯絡前，似乎在這兒待過一陣。我們兩個對植村直己或登山都沒興趣的人，在這荒涼——就這字義上，比安克拉治還更清冷四百倍——的塔基特納漫無目的四下閒晃，難得看到幾家還在營業的禮品店，全都進去逛了，卻只對裝飾在店內的灰熊跟駝鹿標本留下了印象。

開門做生意的餐館也沒剩下幾間。我們到瑪麗推薦的餐廳去後，發現人多得讓人懷疑該不會是這時節還留在鎮上的人，全都跑來了這家店吧？有肥到令人瞠目結舌的，也有一看就知道是登山者的一群體格健美的人。本地人則一律都刺了奇怪的刺青——剃光的後腦勺上有跳躍的海豚、胳膊上用漢字刺了「痛苦」、頸肌的地方刺了接吻圖案，甚至還有個男人在手臂上刺了一點都不像的茱莉亞・羅勃茲。

「人很多耶，妳OK嗎？」

我問朵拉。

她說：

「我OK呀，我又不覺得他們像人。」

說完她察覺到自己的失言，笑了。

傍晚八點左右，太陽下山。我們在浴缸裡放了水，輪流泡澡。床很窄，所以我睡在上層，朵拉睡下層。我從到了安克拉治之後幾乎都沒睡，所以睡昏了過去，但天將亮的時候，朵拉跑來跟我擠，說她睡不著。

我們在度假區那兒待了兩晚。這期間碰到的人只有瑪麗跟一個住在阿拉斯加的五口之家以及一對從科羅拉多來的夫妻。早餐時大家一起用餐，雖然本來就沒抱什麼期待，但沒有新鮮沙拉，培根過鹹、炒蛋稀稀碎碎，讓我只吃了一口就失去食欲。但瑪麗看著，只好還是吃掉。在我身旁的朵拉只吃了一份優格就不吃了，也不參與聊天。

大家問我是做什麼的，我回答了之後，朵拉也沒說什麼。其實我很想跟大家說她是知名舞者，而且她在舞台上有多麼耀眼、又有多麼地美麗，可是朵拉只是一逕淡淡笑著，繼續假裝她聽不懂英文。

退房時，我跟瑪麗說我們接下來會去費爾班克斯，於是瑪麗跟我們推薦了珍娜溫泉（Chena Hot Springs）。

「這種天氣，一定可以看到極光！」

極光。夏季終焉跑來阿拉斯加的日本人，肯定都是為了這個吧？國立公園停止開放，看不到野生動物，那麼，看極光自然就是這趟旅程的目的了。像朵拉這樣，只是把阿拉斯加看成一個「無心之地」的人大概也沒有其他人了。

瑪麗很熱心跟我們分享了很多資訊，譬如九月到十月這段期間比較溫暖，適合等待極光，還有珍娜溫泉位於從費爾班克斯開車一個小時左右的地方。不過，朵拉聽到極光之後，好像也沒什麼特別反應，她那臉上就寫著她只想趕快開車，在空蕩蕩的高速公路上一路往前開、往前開。後來她還真的把油門催到了時速一百六十公里，我說阿拉斯加也不是沒有警察，超速罰很重耶！這樣警告她，但看她開心得連眉毛都會笑了，我也不禁雀躍起來。

一路上偶爾會看見有如廢墟般的巨大建築，仔細一看，才發現是類似日本的休息站那樣的地方，可以下去買水或加油。

另外在一個叫做坎特威爾（Cantwell）的地方，還真的看見了廢墟。有一個雪球造型的飯店忽然間就出現在視野裡，以一種荒涼之姿矗立在當地。

「你看到了嗎？」
「看到了，絕對有幽靈吧？」
「有，絕對有！小奎，鹽巴鹽巴！」
我只好從副駕駛座朝著朵拉灑鹽巴，雖然我不知道日本的鹽巴對於阿拉斯加的鬼有沒有效，但朵拉是認真的。她連在舞台上也會在開演之前灑鹽巴或燒鼠尾草葉之類，聽說有些舞者不太喜歡她這麼做。
「哇——！感覺這一定忘不掉。」
後來我真的一直記得那家飯店。那蓋在阿拉斯加荒野上，孤伶蒼涼的雪宿。
開了大約五個半小時後，看見費爾班克斯的時候覺得那裡真是個熱鬧的城市，至少是有人住與生活的地方。從那裡要再開一個小時，朵拉一點也不累。不管她的話，她大概會說她打算就這樣一直開呀開，直接繞地球一圈吧。
本來聽說通往溫泉的路上常有駝鹿跟馴鹿出沒，但我們連一隻也沒看到。

四處立著「NO HUNTING」的告示板，讓人想起在這趟旅程中逛過的那一家家禮品店裡頭展示的各種動物標本。

只有一次，看見一隻尾巴漂亮得令人驚豔的狐狸正在穿越道路。還有很多松鼠。松鼠像跳舞一樣跑過。雨滴濺起一般。我心想，好像朵拉，但沒說出口。

珍娜溫泉跟日本的溫泉一樣漂散著硫磺味，令人好懷念。

我跟朵拉認識不到一個星期左右吧，我們曾去過位於群馬深山的一處溫泉。那是朵拉忽然邀我的。在派對上認識後，她問了我的電話後便每天晚上都打來，接著忽然有一天，她好像無論如何都忍不住了似地問我「你這週末有沒有空？」

那一次租了車之後，也是由朵拉開。她很亢奮，在山路上不時開得過快，每次都把我嚇得大喊大叫，但我自己情緒也很高昂。

走過有大量小蟲子飛舞的旅館土地，我們走向預約好的度假小屋。不曉得是不是有地熱，小屋裡頭幾乎有點過熱。我們邊打開行李邊流汗，接著一起走去溫泉。

朵拉穿著兒童泳衣，每一個跟她眼神對上的人幾乎都好像有點不好意思地露出微笑。在阿拉斯加碰到的人都這樣，很害羞，但也很溫柔。不過我感覺大家對於朵拉好像還有種特別的親切。

開闊的溫泉池正中央，有溫泉水像蓮蓬一樣四散噴灑。五個左右的中國人聚在一處喧鬧，每個人上半身都刺滿了刺青，幾乎看不見底下肌膚。其他白人全都寡默無語，喝水忍受著高溫，一般在池子裡移動。很難相信這些人真的會開槍射擊龐大的駝鹿與灰熊。

我們預計在這兒待上兩天，所以有兩次機會可以看極光。其實在旅館區內也看得到，但櫃檯說，往山邊走有一個小屋，可以在那裡等待極光。朵拉不曉得是不是因為開了很久的車也累了，早早便去歇著，我則無可無不可地撐到了人家跟我們說極光會開始出現的午夜十二點。

極光出現時一定是從北方天空開始，所以才叫做「北極光（Northern Light）」。但看起來此刻北方天空布滿了厚重雲層，一點也沒有飄散的跡象。我時不時走出去望一望，但實在提不起興致走去山邊小屋，所以撐到了兩點，乾脆也睡了。

隔天晚上，朵拉也早早入睡，但過了十二點左右後她爬起來。

「要去看極光嗎？」

我問。她像有回又像沒回似地咕噥應了我一聲，開始慢吞吞地學我把所有衣服都穿上身，看來她是想去。我們走出了小屋後，北方天空果然還是濃暗一片，我怕朵拉會失了興致，說：「好像有時候也可以從雲層之間看見極光耶。」

朵拉沒回什麼。老實說，我也不太知道她到底想不想看。

我們沿著建物後邊的山徑往山上走，眼前出現了真正的黑暗。我聽見尼龍夾克摩挲的聲音。抬頭往上看，滿天群星燦爛得超乎想像，但那是東方的天空。

這時候朵拉已經恢復了精神，跟我緊緊手牽著手，在伸手不見五指的黑暗中說著聊著。

「真的很希望有一次舞台能完全黑暗耶，但沒辦法，不管怎麼樣就是會有微弱的光源不曉得從哪裡出現。」

我很擔心會不會有灰熊突然跑出來，或是來程時沒看見的駝鹿忽然衝來，擔心得心神不寧。光靠iPhone的光源不足以與眼前這片黑暗對峙。

走了大概五分鐘左右，看見小屋隱約出現在四周一片幽暗當中。我想起了那間變成了廢墟的圓頂雪屋。小屋四面裝設了成片落地窗，裡頭看來沒人，朵拉很興奮地打開了門就直往裡邊走。

「妳看得見嗎？」

昏暗無光的小屋在我看來根本全暗，但朵拉說：

「看不見哪，可是大概可以感覺出來。」

說著就俐落地把放在屋內的椅子拉來排好。我跟忽然變成了一個可靠的人的朵拉並肩坐下後，靜得快讓人發疼的闃寂刺向了體內。

北邊天空灰沉沉得幾乎要令人感到絕望。雲層厚成這樣，看來一時片刻也不會散去吧。沒有一絲風。在眼睛習慣那片黑暗的那幾分鐘內，我已經開始死心，反倒是先前興致缺缺的朵拉開始熱切盼望起了極光。

「不曉得極光會不會出現噢？」

冷到快受不了。那間小屋真的就只是讓人「等待極光」而已，裡頭連一點暖氣設備之類的都沒有。

「妳冷不冷？」

「冷哪，可是不夠冷的話，極光不會出現哪。」

朵拉的身體幾乎沒有脂肪，肯定比我還冷，但她卻給我打氣，開始幫我搓搓身子讓我暖和起來。

「雲層好像薄一點了耶，你看。」

一小時、兩小時過去以後，別說變薄，雲層根本連動都沒動，但也可能是朵拉的眼睛真的看得到什麼雲層的細微變化吧。怎麼想，極光都不可能出現了。可恨，我們這趟旅行的目的原本不是為了極光，卻在不知不覺間，好像把它當成了什麼徵兆一樣。

我用力摩挲已經冷到骨子裡的身體，說聲我們回去吧，朵拉卻執意留下。

「好不好嘛？搞不好看得見呢。」

聲音聽起來幾乎像在請求了。

最後我們沒有看到極光就離開了珍娜溫泉。

回程時，要在費爾班克斯的機場還車。雖然沒有像在日本租車時要我們在還車前把油箱加滿，但還是去了一趟加油站。

費爾班克斯市內的加油站裡有一間附設的小咖啡店，早上一醒來後就離開了珍娜溫泉，所以我們在那兒點了咖啡。原本沒期待會多好喝，卻超乎想像地美味。我們喝著美味的咖啡，兩相無語。朵拉眼神茫然地望著外頭，彷彿昨晚那樣熱切等待極光的她從來不曾存在過一樣。

一輛大卡車在眼前停下，下來了一位滿頭白髮的老人。他戴了一頂畫有馴鹿的籃球帽，繫著迷彩吊帶，叼著一根菸。那輛卡車裡肯定也擺了獵槍吧。是個在阿拉斯加很常見，在日本卻不太看得到的類型。那個人也跟我們一樣點了杯咖啡，然後過來在我們附近坐下。

「中國人啊？」

聲音很低沉。朵拉今天可能也想假裝她聽不懂英文吧，依然看著前方。

「日本人。」

「來看極光？」

講話有些粗野，但並不讓人討厭。

「對啊。」

我心想沒必要講實話。阿拉斯加人一定很以極光自豪吧。

「可是沒看到。」

「是嘛？」

那男人喝著咖啡，吞雲吐霧。脫下帽子的前額已經禿了，右手小指頭的指甲脫落。

「真可惜。」

我們沒有再聊下去，氣氛感覺有點尷尬。我輕輕瞄了一眼朵拉，她還依然望著外頭，很美。

「極光會回來的話就好了。」

我說，試著填補沉默。但這也不是違心之論，我是真的覺得如果極光回來的話很想看一看，雖然不是多渴望，但我想看。

「極光哪，」

男人靜靜說，

「不會回來的。」

我感覺自己好像被人指責了一樣，看了那男人，他淡然一笑，

「極光永遠都在新生，所以不會回來。」

那眼神溫柔得驚人。

「會回來的，是你。」

他說，「you」。所以也可能指的是我們兩個。他要說，會回來的是你們兩個

呀。或者應該說他就是那個意思，可是我總覺得他指的是「我」一個人。

「會回來的，是你呀。」

好像有什麼東西刺穿了我的身體。

我會回來這裡。回來，然後等待極光。

屆時，朵拉應該已經不在我身邊了吧。

我們兩人之間已經沒有了愛情。至少，朵拉對我是沒有愛了。取而代之的，是沉穩而令人眷戀的時光。讓我們難分難捨、宛如溫暖被毯一樣的戀曲，難道是在這趟旅程中發生了什麼足以畫下句點的開頭嗎？

男人留下沒有反應的我，站起身來朝我們輕輕揮了揮手，便拿著咖啡回去他的卡車了。他一定會一直待在這片大地上吧，就像那些我們沒見到的駝鹿、馴鹿跟灰熊，朝這片土地深深扎下根，一輩子也不會去想到日本或我們兩個人。我也如此期待。期待他、期待他們，忘卻我們。忘卻，活著就好。

「回來的，是你。」

大卡車留下了誇張的引擎聲與黑煙揚長而去，朵拉在我身旁輕輕嘆了口氣。我靜靜想著，此刻貫穿我身體的究竟是什麼，而我身上到底又發生了什麼。

母性

看見淡淡浮現的藍線時，我心裡不知道該怎麼辦。也不是說不知道該怎麼辦，而是不知道自己該怎麼反應。聽起來很怪，畢竟是自己的情緒，我應該是在「決定」怎麼反應之前就已經先反應出來了，所謂情緒應該就是這樣運作的吧？可是我是真的不知道該怎麼看待這件事。

這應該是夢想成真的一瞬間？至少應該是歡天喜地的一瞬間。可是我看到那條藍線時，全身肌肉都凝結了。我知道這樣比喻很不妥當，但那就像是你看見自己陰毛裡長出了白毛的那一秒鐘，你知道，到了那一步已經退不回去了。不！我真的是這樣想嗎？我到底是怎麼覺得的？

我懷孕了。

延遲了一會兒才出現的另一層情緒是恐懼。我在感受到自己體內此刻正在創造著一份新生命的原始喜悅之前，首先想到的是，自己該怎麼辦？

孩子我是一直都想要的，而且是三十歲之後就一直有這種念頭。鎮日忙著工作之間，不知不覺已經來到了三十八歲，我自己也知道自己到了這年紀應該很難受孕了。有時候，會被一種無以言說的焦躁給擾得夜不成眠，也認真考慮過要不要凍卵，還查過我家附近的生殖醫學科。

這可是我一直想要的孩子啊，我的孩子。

可是我卻沒把內褲拉上，遲遲呆在廁所裡。

跟他認識是在四個月前，一次同事的酒聚上。那時跟我們沒有關係的他也來參加了。

「我帶了一個單身的男人來嘍～！」

名為德永亮平的他，被我們一個叫做田端的同事帶來參加。田端如此高調地跟我們三個單身女人宣告。今年三十二歲的田端已經結婚，有三個女兒。

「這傢伙是我大學同學啦！妳們別看他這樣，已經離過一次婚了耶。不過妳們都這個年紀了，應該也不能挑剔了吧？」

這個田端，就是這種男人，講話沒品的貨色。居然當著剛滿三十八歲的我與兩個各差了一歲的三十七歲與三十六歲的三個單身女子面前，直接宣告，嘿，妳們這些女人已經「不能挑剔」別人有沒有離過婚了啦。

氣死我了！

其他兩人應該也一樣，只是我們三人居然真的被突然出現的德永亮平給搞得心花怒放。

他也不是很帥，可是有種令人舒服的乾淨氣息。他說他在走醫療路線的出版社上班，戴著一副圓框玳瑁眼鏡，穿了一件斜紋軟呢夾克，頭髮微燙過。從我這個一直誤以為「醫療相關行業的人都很僵化」的人看來，算是很會打扮了。

「妳們看看，居然還有這種好貨！對不對、對不對？」

這個田端真的很煩耶。不過真的，居然「還有這種好貨」（可是他怎麼會跟田端那種人做朋友呢？我沒說就是了），所以我也沒在意他已經離過一次婚這個條件。

三個女人接連起身去上了廁所，在洗手間若無其事補了妝後再回來，含蓄地展現了一下各自的魅力，也不忘捧一下另兩個女人跟隨口附和一下田端（畢竟大家都是成年人了嘛）。我們在LINE上弄了個朋友圈，彼此蜻蜓點水地傳了一下無可無不可的訊息之後，私底下再另外傳了訊息給他。依我在朋友圈上看到的，大家都沒貼蠢得要命的表情貼跟圖案文字，當然我私底下傳給他的訊息裡貼了一些比較年輕而且比較能展現親暱感的表情貼，我猜另外那兩個女人也是。

不曉得為什麼，最後抓住了他的心的人居然是我？

我瞎說的，我當然知道為什麼。畢竟我去清了牙結石，清到牙根出血，保養了肌膚，還徹底打理了容易顯現出年紀的頭髮跟指甲，製造出兩人見面的機會，留意說話要有幽默感，還要熱心傾聽他講話，演繹好一個年長六歲的女人是如何「可靠的女性」，還得記得時不時流露一下天真無邪的一面。

最後的關鍵安打，是一隻貓。一隻我從認識的人那兒領養來的黑黃色虎斑貓。「單身女人一養貓就完了」——這我當然知道，我自己工作也不輕鬆，也擔心有沒有辦法照顧好一個小生命，但我最後還是接收了那隻貓。主要是因為人家跟我說，貓不像狗要花很多心思照顧，而且可以出門個兩三天也沒問題，貓自己會看家。最後更主要的是，我實在抗拒不了牠（最後取名為Moi）的魅力呀。

剛帶來的那三天，也不曉得是不是想媽，Moi成天叫個不停，嗓門大得讓人懷疑那麼小的身體怎麼有那麼多能量哪？我怕造成鄰居困擾，一直陪在牠身邊，連去浴室也不太放心。就在我心想不行了，牠再這麼叫下去我都要瘋了的第四天，也不曉得是不是想開了，Moi忽然不叫了，跑來窩在我膝上。我終於放下了一顆心中大石頭，這會兒換我哭了。

跟德永提起了Moi的事後，他的態度忽然一下子積極了起來。

我原本心想萬一他對貓過敏的話，這段關係就結束了，沒想到他那麼激動，我也很開心。後來他起興說想來看看Moi，於是來了我家，一時激情發生了關係。

隔天早上，他跟我說「我們交往吧？」我望著窩成了小小一團坐在他腿上的Moi，實在好想對牠說「Good Job！」他一回去後，我馬上給Moi吃了高級的乾燥雞柳條，開心得都快要飛上天了。但夜一深，人變得非常惶然不安。

「他該不會不是想跟我交往，而只是想看Moi吧……？」

從小我就是這種死個性。一有什麼值得開心的事，我馬上會連想到同等級的壞事而感到不安。

當年考上了明星高中後，剛開心完的下一秒馬上擔心自己程度跟不跟得上，跳槽到這家公司時也是，擔心得發抖，就怕公司高估了我的實力。這些不安我一般都靠努力來消除，唯有戀愛這件事，怎樣都沒辦法靠努力來彌補。大學時，因為太喜歡當時的男朋友，而對方居然也用同樣的熱情來愛我，而讓我害怕「這麼幸福不可能長久！」之下，劈腿了其他根本雞肋般的男人，以分散自己的愛，最後導致自己被甩。說起來，也實在是很莫名其妙。

我這性格就像我媽。我媽從來都是個很負面的人。

有什麼好事的時候，她從來不會開心，開口就來個否定句「可是……」。小學時考了滿分，我媽也皺眉，「女孩子這麼會念書也沒用呀……」，我弟決定要去一家所謂的外商公司上班時，她也囉囉嗦嗦「國外的公司沒問題嗎……？」她對我爸也一直都是這種態度，我爸六十四歲因為肺癌去世前，恐怕連一次都沒看過我媽真心開心過吧？

她這種性格真是討厭死了。我覺得我媽至少一次也好，大聲說一次「太棒了！」會死嗎？

結果她那種討人厭的性格，我卻完全承繼了下來。

跟他交往，真的很幸福。

不曉得是不是因為身為四個兄弟姊妹裡所謂不太需要承擔責任的老三，他的個性大而化之又體貼，對我很好，對Moi當然也很好。不能約會時絕對勤於聯絡，出差時也會記得帶點小禮物回來給我跟Moi。

可是，他既然人這麼好，就更讓我覺得「人這麼好的話，怎麼會這麼年輕就已經離過了一次婚？」而且更詭異的是，怎麼會跟田端這麼沒品的男人交朋友？不出幾秒，我已經連想到了家暴、負債、重婚、詐欺等等所有負面的想像，想到自己都快吐了，真的要非常努力才能克制自己不去請偵探。

對，努力。

可以靠努力克服的，我都願意努力。我這一路的人生就是這麼走過來的。

好想當個大而化之的女人哪。不想為了結婚這種事著急，不想給他壓力。可是我愈努力，肩膀跟太陽穴就愈用力，每次這種時候一不小心照到鏡子，就會發現我驚人地跟我媽超像。

乾脆先懷孕，不就可以順水推舟順利結婚了嘛？說實話，我還真這麼想過，而且還不只一次兩次。但我無論如何就是不想變成有這種思想的女人。什麼叫做「順利結婚」？我並不想變成一個把結婚當成人生目標或是讓別人「跟自己結婚」的女人，我想當的是更正面、更有自信的、獨立自主的女人。更重要的，是在面對各種幸福的時候能夠坦率接受幸福的女人。

我大概是在月經晚了一個星期左右買了驗孕棒回來。

每個月都像我性格一樣驚人準時的月經，居然晚了一個月才來報到，這可不是什麼小事。我上網查過，知道一個星期通常還測不出什麼結果，但還是忍不住要測。

就這樣，在廁所裡嚇呆了。

淡淡浮現了一條藍線的這個驗孕棒，這根白色的棒子，改變了我的命運。

隨著恐怖感一起浮上來的是，「萬一別人誤會我是故意算準了排卵日懷孕的怎麼辦？」（明明我就也想過要先上車後補票！）。他人很好，也許不會那麼想，但另外那兩個可能會吧？另外那兩個，就是曾跟我一起競爭他的那兩位。

我還沒讓她們知道我們已經在交往（當然也沒告訴田端，我要男友不要走漏風聲，因為「我會害羞」）。原本對他們幾個就各自瞞得很好，剛好工作上的專案小組也換了，在公司裡沒什麼機會碰到她們兩個，至於LINE上的群組，自從改成了各自連絡之後就沒再響過，我也沒另外再跟她們兩個連絡。

要是讓她們知道我懷孕了……。

居然會產生這種想法，我自己也很崩潰（能跟他走在一起其實真是太幸運了，但我就是過不了跟田端那種人介紹的男人在交往這一關！）。以一個母親來說，我也真是太扯了，居然在為新生命的到來，而感到歡欣之前會先考慮到別人怎麼想？怎麼有這麼低俗的想法？

母親。

這字眼一下子有了份量。

對，一有了孩子之後，我就是個母親了。

拉上底褲的手開始顫抖了起來，就連驗孕棒掉到地上我也沒力去撿。我？這樣的我？

我一直覺得母親是更為崇高的存在。女人只要一經驗了體內正孕育著一份新生命這樣神祕的體驗之後，就會自然而然，成為一個適合那種謎奇體驗的人。

流通在這世上的「母親」形象通常都是這樣的，摸著突起的肚子，露出一臉女神般的微笑，這種女人才是「母親」。無論在電視裡、廣告中或甚至是明星藝人的IG上，都是這樣宣告的。做為一個獨立自主的女性，我雖然在面對別人時也一直怫怒地反擊「那種母親形象根本是被捏塑出來的」「那樣太詭異了」，可是我自己卻拋不開那樣的束縛，所以才一直覺得那些隱瞞住自己懷孕的事實，跑去廁所裡生小孩還把孩子拋棄在廁所裡的女人真是惡魔，我老實說。

但我此刻既無能成為一個「女神般的母親」，也無法狠下心來成為一個「惡魔般的母親」。我是哪一種呢？要說的話，我現在的狀態就是一種令人看不下去的沒用的「低級母親」。

「要是被人以為我是故意懷孕怎麼辦？」

搞什麼呀——！

現在這種情況我居然會有這種念頭，真是太低級了我！

本來想上網查看看有沒有人也有這種想法，但一想到想上網查的這想法本身就很可怕，趕緊節制。

不，我是害怕，老實說。

怕看見這世界會怎麼痛罵一個這樣的「母親」，恐懼得無以復加。

以前曾有一次，不曉得該穿怎樣的衣服去參加朋友的婚禮。我想穿一件水藍色的洋裝，但那件洋裝的背面是白色的，我查了一下，那樣的衣服會不會牴觸了不可以穿白色衣服去參加別人婚禮的禮節。我用關鍵字「婚禮、衣著、背面、白」去搜尋，發現知識網站上有位女性跟我有同樣疑惑，我開心地點進去一看，卻發現一個又一個字眼像利刃一般衝眼殺來——「沒常識」「不敢相信」「妳只是想秀自己吧」「無知」等等。

「我懷了喜歡的人的孩子，可是我們才剛交往，也沒說要結婚。我很擔心他跟身邊的人會誤會我是故意懷孕的，我該怎麼辦呢？」

這樣的提問怎麼可能得到什麼善意的回答？連我自己都覺得一開始就想到這念頭的自己好可怕。我不用打開電腦也知道，上網這樣問的話，肯定會被碎屍萬段。那傷，沒有任何人會幫我癒合。沒有人。

失眠到了早晨，收到他傳來的訊息。

內容大概是說他剛好有幾件要去外地小城市採訪醫生的工作撞在一起，最近沒辦法見面。

「對不起，好想看Moi喔～」

沒關係呀，或許該說現在這時間點不能見面剛好。

果然他想要在一起的是Moi，不是我。

不曉得喜歡貓的人會不會也喜歡小孩？愛貓人跟愛狗人不一樣，我實在想像不出來。以貓來說，Moi算是很親人的，愛撒嬌，性格很討喜，可是人類的小孩截然不同。他會喜歡「小孩」這種既麻煩又花錢，還得要背負上沉重責任的存在嗎？

老實說我自己很愛貓，但Moi剛來時連叫上三天，都快把我逼瘋了。牠現在有時候還會把玻璃杯或花瓶弄到地上，每次都讓我很想吼牠。

人類的小孩那就更可怕了，既髒又任性，性格裡還有殘酷得驚人的一面。而我卻想要有「自己的小孩」？真是搞不懂自己。該不會是從小就在各方面被灌輸了這樣的思想，所以才會這樣想吧？女人一旦到了一定的年紀，就會想要有自己的孩子。這是這整個社**會要我這樣想**？證據就在於，我現在心中完全找不到一絲一毫所謂「母性」的存在。

還是說女人會在懷胎十月十日的這段期間忽然萌生出母性？萬一我萌生不了怎麼辦？萬一平安生完了小孩後，我還是對自己小孩抱持著跟其他小孩一樣的看法，覺得他們就是「既髒又任性又殘忍又花錢還要花時間的存在」，那該怎麼辦？萬一就像以前覺得Moi快把我逼瘋了一樣，也覺得自己小孩讓人很崩潰怎麼辦？

在跟他說之前，我必須先做出決定。我到底是要生，還是不生？想到這一步之後又再次覺得頭皮發麻，我根本就沒有「不生」的選項。年齡當然也是一個因素，但更重要的是我整個人已經被自己肚子裡有了自己孩子的這件現實情況給制約了。說是懷上，其實感覺更像是被盯上。我已經無路可逃，沒有退路。

嘴唇好乾。我舔了一下，乾巴巴的唇皮令人感覺好慘哪。一搓，血滲了出來。

之後我整個人惶悚惴慄，不安定到了極點。

白天還好。有工作要忙，有些瞬間甚至連自己已經懷孕也忘了。在陽光宜人的咖啡店裡吃著午飯之類的時刻，甚至還會湧現類似自信的情緒，譬如「沒問題的，他一定會很開心」、譬如「我們一定會組成很棒的家庭」等等，有時候甚至還會冒出根本就不屬於我這個人的驚人自信。

「要是他猶豫的話，我就自己一個人養孩子給他看！」

忽然冒出這種激情。而且像這樣的時刻，我的手一定擺在肚皮上，甚至還會在咖啡店裡、在下班回家的路上兀自微笑。我果敢而堅忍，彷彿女神一般的自己令我得到短暫的安心，看吧！我也可以成為一個「母親」。

但之後，我就發現這種情緒根本跟天氣綁在一起。

也就是說，萬里無雲的好日子裡，我的心也跟著天高氣爽。「他一定也會很開心」「不然我自己一個人養！」的這種（根本就不存在我腦中的）正能量便會冒出來，但當天氣一陰，我的心也跟著飄滿烏雲（這種時候才差不多跟我這個人的天生傾向剛好吻合）。下雨天之類的，整個人不安到了極點，偏偏這種時候

「那兩個人」跟田端就是會跑來我工作的這一樓層，每次都嚇得我趕緊跑去廁所躲。

最討厭的是夜晚。

不管是怎麼樣的好天氣、再怎麼迷人的月色，要我在晚上正向思考是完全不可能的事。

無論是在看影片、看書或做菜，腦中就淨想著「那件事」。

「我真的有辦法成為母親嗎？」

「他會高興嗎？」

「我能養好小孩嗎？」

「那件事」一件又一件地冒出來，搞得我都不清楚自己到底擔心的是哪一件了，最後被一種「不曉得在擔心什麼，但就是很擔心」的情緒給搞得很煩躁、畏怯又崩潰。這種時候，絕絕對對不能上網亂查，我明明知道！但就是會忍不住把手伸向電腦。

一開始，我只是搜尋「懷孕」這兩個字，出現了一個揉雜了「女神般的母親」與「惡魔般母親」的網路世界。我無可無不可地遠觀著那個世界，根本沒有要「解決什麼的意識」，換句話講就是這樣。我只是把自己一古腦地丟進那個亂七八糟的世界裡，也許身處在一個嘈雜的漩渦裡反而會令人安心吧？但那種安心當然不持久，很快地，我就被捲進了一種「即將成為母親的不安狂流」之中。

網路上流竄著千百萬種不安。

能否順利生產？有沒有辦法適應環境變化？金錢問題、老公幼稚得過分、擔憂流產、與母親關係不睦、無人可依靠的不安。

很多都是私人部落格，但也有不知道是誰做的，感覺就是很想讓人陷入恐慌的網站。看了那些之後，原本就已經對於一切都感到不安的我雖然沒有被尖刺戳傷，但茫茫然的不安卻增幅了。

到了這一步，對於被刺傷的感受逐漸麻痺，我轉而搜尋「萬一被男方或身邊的人以為我是故意懷孕怎麼辦？」的這一類不安，我雖然沒找到一模一樣的，卻發現了「我還沒跟對方說」「計畫之外的懷孕」這一類惱愁，而針對這一類煩惱所得到的回應，別說是拿著刀子捅了，根本就是拿著一把大菜刀從脖子上一刀剁下一樣。

沒責任、爛、難以理解、殺人犯！

其中最多的是這句——「小孩子真可憐」。

「被妳這種人懷上，小孩子真可憐。」

這句話徹徹底底把我已經麻痺的傷口給掀開，挖刨再撕裂。

小孩子真可憐。

其實我或多或少也漠然地這麼想過，當我打下了「墮胎、時間點」這樣的字眼後，一回神，發現自己居然正把手放在肚皮上的瞬間，我馬上把手移開。那瞬間閃過我腦海的念頭是，這麼充滿「母性」的行為，我這種人不配擁有。

就算之後決定生下小孩，已經被我這麼搜尋過的孩子又怎麼有辦法在我這種人的養育下過得幸福呢？

小孩子真可憐。

沒錯，這小孩子太可憐了。我眼淚順著臉龐滑下，但我沒資格哭。這孩子，竟然投胎到我這樣的人的體內。

下午請了半天假去醫院。

距離我家兩個車站的地方有一家大型綜合醫院，感覺比起小型婦產科醫院，去那家比較能分散注意力，於是預約了那家。

也許其實沒懷孕。那條藍線那麼淡，我最近又忙，不是常有人說壓力大會導致月經晚來嘛。我在電車裡這麼跟自己說，可是一想到萬一沒懷孕，不禁悲從中來。我到底是想怎樣？都到了這個時候了還想不清楚自己的心思，我到底是想怎麼做呢？

電車晃了起來，我慌忙抓住吊環，忽然心想，萬一懷孕了就不能再擠沙丁魚一樣的電車了，正茫然這麼想著，忽然又覺得這麼想的自己很丟臉。

因為是非週末的下午時段，早有心理準備，但沒想到婦產科門診人數還是超乎想像。下午兩點半拿的號碼牌，居然已經掛到一〇七號了。偌大的候診室裡擠滿了大肚子的女人、看起來跟我一樣在上班前過來一趟的女人，還有看起來差不多已經可以當媽媽的那種年紀的女人。

先不管那些大肚子的跟看起來就像媽媽的，我瞄了一下那些看起來「跟我差不多的女人」有沒有散發出一點「女神」般或「惡魔」般的氣息，但其實我最想看的不外乎是，有沒有人也飄散出「低級母親」之類的氣息。

這些人又不見得是因為懷孕才來看婦產科，我對於自己居然有這種念頭感到很可厭，而每一次我一覺得自己可厭，便感覺整個身體好像都泡在毒素裡一樣慢慢往下沉。就算閉上了眼睛，那毒素也不會消失。

我的身體，真的已經成為母體了嗎？

這樣的話，毒素會不會對胎教不好？

感覺我好像從預約了婦產科的那一刻起便一直硬撐著過來。月經已經晚了十二天了，我沒有告訴半個人，就這樣撐著。我媽當然不在我的商量名單內，我又沒說要結婚，萬一被她知道我懷孕了，不用看，我都想像得到她聽到的那一瞬間眉頭糾起的皺紋跟臉上的表情。

我會就這樣成為一個無處可依靠的母親嗎？

還是我果然沒有辦法當一個母親呢？

因為我是、我是這麼的……

這麼樣的一個人哪。

受不了了。我抬起了頭，感覺看見了什麼東西心底都是苦的。就在目光游移之間，看見了一台電視。擺在候診室裡好大一台電視。有些人正看著螢幕，有些人低著頭，聲音流盪在空間之中，音量好大，大得讓人懷疑難道大家都沒注意到嗎？可是看來誰也不在意。

「現在日本正打算跟著美國這種強硬政策走，來，若鷺先生，你怎麼看這件事？」

好像在播放午間的政論節目。腦中閃過了「討厭，看見這種東西」的念頭，下意識想要找遙控器，但當然沒有這種東西。

「咦，我嗎？」

其他名嘴全笑了出來。主持人也一副「我就是故意要問你啊」的態度，不懷好意地笑著回了一句「你說呢？」就把球丟回給他，等他回答。

「呃，不是，我是覺得本來……」

回答的這男人叫做若鷺，以前是個足球明星，留下了不少光榮紀錄，但後來碰了毒品後便整個人往下沉淪。

「咦？若鷺先生，你真的要回答嗎？」

大家又笑了。若鷺現在已經腫得絲毫不見全盛時期的光采。

連這種男人都能「復出」，所以我說演藝圈真是不可靠。這人後來好像乾脆以一種「放開來談」的態度重新走紅，但每次上節目都說錯話，搞得大家開罵。說起來，就是一個靠亂講話搏版面的男人。垃圾，簡直是坨屎，我心想。根本不配稱為人嘛，我一看見他就討厭，所以每次看到電視上有他馬上轉台。

「現在都說要帶領日本重返榮光或是讓美國再次偉大之類的，但我只是覺得，難道不那麼厲害不行嗎……」

我環顧了一下四周，果然沒有人在意電視上正在播什麼。但這種節目、這種男人，對胎教很糟糕吧？我心想。難道「很母親的母親」是不會在意這種事的？這麼一想，才發現好幾個人手上翻的根本是低俗的八卦週刊。

「日本也像美國，一直講國力國力什麼，可是……我們就是一個小國嘛，就這樣弱弱地過日子不行嗎？」

又來了！這個男的今天也是坨大便。全國正力圖團結一致，拿下奧林匹克之時，這傢伙居然講什麼弱弱地就好，根本就是廢人愛牽拖。

我最討厭這種人了。平時一點也不努力，只會想著要別人接受「原原本本的自己」。當年他還在場子上踢球的榮光完全一筆勾銷了，現在、當下就放棄努力的人，就讓他們待在原地被淘汰吧！電視台為什麼要用這種人哪？

「弱弱地，有錯嗎？」

可是我沒辦法轉移目光。

不是因為當下人在醫院，沒辦法在這種公共場所裡轉台或關電視，不是這個問題。

「社會不就是要讓弱者也能生存，才叫做社會嗎？」

我無法把目光從他身上移開。

他搔搔頭，繼續吞吞吐吐地說。當年他還是選手時的耀眼光采，如今果然分毫不剩。那麼昂然自信、從不低頭的那個明星球員，如今竟然這麼畏縮。

「當年我還在場子上踢球時，一直覺得自己要很強才行。如果不夠強，就沒有資格生存下來。可是我愈這麼想，我就愈痛苦，所以才會碰那種東西。我對自己很失望。自己居然是這麼懦弱的人，我感到很絕望。」

我彷彿聽見有人已經在網路上敲下鍵盤了。這男的今天一定也會惹出什麼風波。「開什麼玩笑啊！」「要弱啊？」「廢，果然廢！」「垃圾！」

「可是……」

若鷺不曉得為什麼看著鏡頭。他沒有看一臉尋他開心的主持人，也沒有看把他當成笑話的其他名嘴，他眼神怯弱地直望著鏡頭的這邊。

「我清楚體悟到自己就是這麼軟弱的人之後，怎麼講，反而比當年硬撐的時候活得輕鬆多了。承認了自己有多渺小之後，反而活得強大了一點。」

不是啊！話不是這麼說啊，若鷺先生，你是要叫全國都變得跟你一樣軟弱嗎？這是弱者的怠慢嘛你？你知道國際社會本來就是……。

其他名嘴一片譁然群起而攻，若鷺放棄繼續看著鏡頭，轉而盯著他自己的膝蓋了，活生生就像是一個被生氣的小孩，看起來就超弱。

「承認了自己有多渺小之後，反而活得強大了一點。」

跟其他侃侃而談，倡議著所謂「正確言論」的名嘴比起來，跟俯瞰一切，正試圖掌控全場的主持人相較，我反而覺得這個若鷺還比較值得信任。這太糗了，我絕對不想承認，可是我真的打心底覺得這個人可以信任。

廢物、垃圾、屎。

手靠了上去。靠在自己的肚皮上。一丁點都還沒隆起的肚皮。搞不好那底下根本沒有什麼新生命，只有一堆尚未消化完全的食物堆在裡頭。這一次，我的手不移開了。我想，就這麼擺著也沒關係。

我很弱。

弱者。

我這麼跟自己說。說給我的身體聽，說給那也許是未來的孩子聽，說給不曉得到底是什麼的什麼聽。

我是這麼、這麼地懦弱。

這麼弱。

「一〇七號！」

一回神時，叫號畫面上已經大大顯示了一個「一〇七」，我一直沒留意，一直在看電視、看著若鷺，看到不耐煩的護士大聲叫我號碼為止。真是個丟臉的人哪，俗到不可再俗。

我好弱呀。

站起身來，眼前視野忽然清楚而明白了。原先那層朦朧薄霧已經輕輕褪去，此刻在我眼前，沒有「沒問題，他一定會很開心」，也沒有「我們一定會組成很棒的家庭」，更沒有「我自己一個人養小孩給他看！」的果決勇敢。眼前什麼都沒有，只湧現了一種我要帶著這副身軀，這副俗不可耐的身軀活下去的實際而奇異的感受。

Dubrovnik

我從小就喜歡電影。

最早的記憶，是七歲時我爸帶我去看了《現代啟示錄Apocalypse Now》。我爸並不是什麼特別熱愛電影的人，法蘭西斯・柯波拉[4]導演的那部電影感覺也不像是適合帶七歲女兒去看的片，但這也看得出他其實真的是對電影沒什麼概念。

我是個很安靜的小孩，平時很少見到我爸，所以見面的時候有點生疏（他不是我親生父親）。我爸大概也覺得跟我獨處有點尷尬吧，所以任何可以避免跟我這不曉得腦袋瓜子裡在想些什麼的女兒交談的辦法，他大概都好（結果他隔年就離家出走了）。

我總是一個人玩。在幼稚園裡沒什麼朋友，小學時當然也沒改善。我覺得其他小孩很可怕，有那種會把人從鞦韆上推開，自己跑上去坐的小孩、有手上沾滿了鼻涕就要來摸你的小孩、有會亂翻你書包的小孩。這些小孩子只讓人害怕，怎麼可能跟他們做朋友，至於幼稚園老師跟小學老師，那些大人們感覺成天只想挖掘你到底在想什麼，也沒辦法讓我對他們敞開心扉。我媽則是在我爸離家出走後就像掙脫了束縛一樣，不斷跳進一場又另一場戀愛，根本沒空理我。

所以我的朋友都在我腦海裡。有跟我同年齡的小女生（菈菈）、比我年紀大一點的哥哥（努努）、可愛的小狗（沛沛）跟一匹神氣的小馬兒（達達）。他們從來不會對我粗聲粗氣，也不可能暴力相向，完完全全愛護著我。我在腦袋裡頭跟他們說話（也跟小狗、小馬講話），不斷與他們增進情誼。

「早安，菈菈！」

「早啊，小雪！我們今天要玩什麼？」

4. 法蘭西斯・柯波拉 Francis Ford Coppola，一九三九～：美國電影導演，以《教父》三部曲聞名。

「騎達達去野餐吧？」

「好啊，野餐耶～那我要做三明治才行，妳的要加花生奶油嗎？」

「還要帶檸檬果醬！」

「汪汪！我的臘腸也別忘了！」

「沛沛，當然不會忘哪～」

「那我帶個大鍋子好了，我們生火煮湯來喝吧。」

「努努哥哥，你那個大鍋子也可以烤蛋糕嗎？」

「蛋糕？」

「對呀，你忘啦？今天是小雪的生日呀！」

「咦，我生日嗎？」

「對呀！」

我的生日一次又一次地來，因為太常過了，連我自己都忘了自己真正的生日到底是什麼時候了。

「生日快樂！」

不只生日，任何一丁點的小事，「他們」都不吝對我獻上祝福。

「妳今天喝了牛奶耶，真棒！」

「那個小孩子欺負妳，妳都沒哭耶，妳好棒！」

「妳會用單槓迴槓到一半了耶，真強！」

只要他們在我腦海裡，我就是個幸福的小女孩。不管在家裡或在教室裡，我都受到他們的祝福，所以無論發生了什麼，我都能夠默默旁觀。

「恭喜妳！」

我媽或我朋友，從來就沒有人祝福過我什麼。

好吧，《現代啟示錄》之於一個七歲的小女孩而言是什麼呢，其實我只對那電影留下了「很恐怖」的印象。可是在大銀幕上看見了人、牛、風景與戰鬥場景，聽見了那麼大音量的叫喊、歌聲與機關槍聲，都帶給我從未曾有過的激情，再加上電影院裡昏昏暗暗的，感覺好像在做壞事一樣，讓人很嗨。更嗨的是，跟我爸出於同樣理由，「可以好幾小時不說話，而且也不用覺得愧疚」的這種處境太令人安心了（不管是什麼樣的片）。

十四歲以後，我開始自己一個人去看電影。少得可憐的零用錢全都花在電影上了。看了《站在我這邊Stand By Me》之後，很自然就迷上了瑞凡・菲尼克斯[5]，後來又迷上了瓦昆・菲尼克斯。《藍絲絨Blue Velvet》那極其官能的驚悚氛圍逼得人心驚膽顫，《為所應為Do the Right Thing》的生命力讓人鼻頭發酸，《壞痞子Mauvais Sang》的高密度令人無來由地落淚。

待在電影院裡時什麼話都不用說，只要全神貫注在銀幕上就好。

說是這麼說，但我看電影時其實一直在腦袋裡面跟別人講話，跟演員，有時也跟導演。

「不行啦，你不可以去那邊！你要在這裡！」

「啊——可是我不去不行哪，這世界就是這樣呀。」

「妳妝會不會太濃了一點？」

「我這叫太濃？那妳晚上看到我，不就嚇死？」

「你這邊是一鏡到底嘛，對不對？」

「因為你想跟著主角的心情走嘛。」

看電影的時候，「我的朋友們」全都鴉雀無聲跟著我一起盯住銀幕。菈菈、努努、沛沛與達達。他們個個一語不發，保持沉默。然而那沉默是那樣地溫

---

5. 瑞凡・菲尼克斯River Phoenix，一九七〇～一九九三：美國男演員；瓦昆・菲尼克斯Joaquin Rafael Phoenix，一九七四～：瑞凡・菲尼克斯之弟。

柔，半點也不會令我覺得寂寞。那種時光只有在看電影的時候會輕輕流過。

十七歲的時候，我看了中原俊導演的《櫻之園》。描述了一群少女表演契訶夫的作品《櫻桃園》的那部電影，讓我首次意識到了「表演者」這種存在而備受衝擊。

那是一種很奇怪的感受。因為在那之前我所看過的片子裡，當然也都有「表演者」這種存在，可是我卻因為這部片而開始真正意識到他們，並且出乎意外地深深被他們打動。打動我的，不是那些想在大螢幕上表演的人，而是渴望在有限的「舞台」空間裡「表演」的人。

那之後，我便去看了人生第一次所謂的舞台劇。

一開始因為什麼都不知道，就先買了戲劇雜誌來看，查一下有沒有自己可能會感興趣的舞台劇，結果意外發現舞台劇的門票要比電影票貴好多呀。對於當時才十七歲的我而言，那可不是一個買了不會心疼的價錢，但我還是下手了。換句話說，我在去看舞台劇之前，就已經一頭栽進了那個世界。

剛好那是一個東京都內陸續有劇場開幕的時代，許多備受年輕戲迷喜愛的小劇場出身的表演者多獲採用，後來我才發現，我買的戲票在舞台劇裡算是非常便宜的，也才知道舞台劇的門票根本便宜到跟舞台劇演員的付出不成正比。

很簡單的事，我受到了極大震撼。當我看到舞台上出現一個又一個活生生的人、聽到一句又一句即時當下的語言、感覺到他們的肢體好像即將要撞向我這邊來的時候，那種衝擊感讓我整個人震撼得無法動彈。我看見竄過演員手臂上的雞皮疙瘩、看見從演員口中噴出的飛沫，那種「活生生」的臨場感甚至逼出了我的淚水（明明大銀幕裡的演員也是活著的！）。

欣賞舞台劇時，我們是自由的。鏡頭不只是聚焦在正在講台詞的那名演員身上，不是只有那個人受到關注。在他們說話的同時，我們也可以轉頭去看看其他演員（甚至還可以看看布景的畫），在這當下，舞台依舊持續進行。每個人尋常無奇地錯身而過，或又展現破天荒的邂逅。這些，我們都可以在當下目擊，也可以選擇轉頭不看。我們的視線不受任何人設限，我們只是跟他們共存在同一個空間而已。「一起活在這當下」——我知道這感想實在是太幼稚了，但那時我的心真的整個發熱。

我開始在一家小鰻魚店打工。高中生能拿到的薪水少得跟什麼一樣，而我全部都拿去看舞台劇。不追星、不趕時髦的我大概是個怪怪的學生吧。我已經不像小時候那麼孤立了，但跟其他同學實在也聊不起來，我心想至少要當個無害之人，適時地應和幾句，永遠保持微笑。同學們管我叫「菩薩」，我心知肚明，那不是什麼帶著好意的稱號。

但只要一進入昏暗的劇場，我便不再需要提醒自己永遠保持那菩薩般的笑容，不用努力應和、不用試圖當個無害的存在。一開始，我對於自己穿著制服去看戲這點感到有點畏縮，但後來發現其他大人們根本才不在意我呢，有些人反而還會對我投以友善的目光。

看過了一場又一場戲之後，我開始發現原來戲劇跟我長年以來都在自己腦袋裡搬演的活動很像。人、狗、馬匹甚或幽靈，在舞台這個有限的空間之中活動、說話、生活，那不正是我從小以來一直在自己這小腦袋瓜裡玩的事情嗎？

「小雪，恭喜妳！」

「看了很棒的舞台劇吧？好棒呀，恭喜！」

「恭喜妳！」

看完了很出色的舞台劇後，我熱切地渴望了解那些打造出了這些舞台的人的想法。於是打工賺來的錢也跟門票一樣，全都消失在了戲劇雜誌上。我鉅細靡遺地捧讀著那些舞台導演的專訪，試圖了解他們腦袋瓜裡的結構，至少讓我略窺一二也好。

你在想些什麼呢？

你的腦袋裡繽紛著什麼樣的世界呢？

我發現那些導演雖然會回答提問，可是很多人感覺很言不及義，但要到了很久以後我才會知道，原來他們不是故意要彆扭，只是連他們也無法確切地掌握自己腦袋裡頭的天馬行空。

上了大學以後，我毫不猶豫參加了戲劇社。一開始我在選校時，就以戲劇方面聞名的學校為主。念大學這件事，對我們這種單親的母女家庭來說不是什麼輕鬆的開銷，可是我拚命說服我媽，告訴她我靠獎學金跟打工的錢應該可以負擔。我媽也不知道是對於自己一直忙著戀愛而不管女兒的作法感到內疚，還是我這個一直很顧全周遭想法的女人居然堅持要「走自己的路」，嚇著她了，總之到最後，她讓了步。

我沒有考慮過「表演」這選項，我想做的，是把自己腦袋瓜裡的東西給呈現出來。雖然我不覺得自己有能力導演，但我想，寫寫劇本應該是沒有問題，於是就入了社。入了社後，真正見識到了才華出眾拔萃的人，才發現自己寫的東西還真的不到可以搬演的程度呢。那時候當然受了一點打擊，畢竟那些人跟我年紀也差不多，可是我同時又為自己自豪，因為能夠那麼近距離地見識到一切發生。

「菈菈，大家真的很強喔！」

有時候我負責弄大道具、有時候負責弄小道具、有時候當執行、有時候又當文宣公關。總之只要是後台場務方面的我都做。雖然我無法重現自己腦袋裡的風景，但能與某個人共享他腦袋中的事物並把它分享出去，對我來說，這樣的時光已經夠幸福了。簡單來說，我與人建立起了連帶感。有生以來我第一次交到活生生的朋友、第一次喝到吐，就這麼不知不覺間，「他們」不見了。菈菈、努努、沛沛與達達。

趁著大學畢業，我跟朋友們一起弄了個劇團。

那時我在家裡已經形同被切斷母女關係。好不容易讓我去上大學，我卻沉迷在既不能吃也不能用的戲劇裡，已經讓我媽很抓狂，剛好那時候，她也在考慮要不要跟新的男朋友結婚。

我很識相地搬了出去，跟兩個劇團朋友分擔房租過起了日子。我們那時當然不像現在那種Share House那麼雅致文青，三個人分租了兩間各為六疊榻榻米大與四疊半張榻榻米大的房間，沒有浴室，名副其實是三個人縮手縮腳擠在一起生活。但是我們很開心。去麵包店要麵包邊、去蔬果行要人家不要的廢菜葉，拿回家仔細料理。如果沒有錢去公共澡堂，就輪流在洗臉台的地方擦澡，一點也不覺得這樣的生活很悲慘。搞劇團不賺錢，這我是本來就知道的（更何況還是剛成立的新劇團）。跟「真實朋友」一起享受的自由空氣，沒有什麼能夠相比。

我們劇團總監是一個叫做梨木陽平的男人。

岐阜人，從小就參加兒童劇場，高中時還拿下了好幾個戲劇獎項。也就是說，這個人除了演戲才華之外，在導演方面的才情也很出色。

他擅長所謂的青春群像劇，總是毫不扭捏地使用非常青春肉麻的台詞。但那些台詞都是真正有溫度的，能讓你感受到他是打從心底寫出那樣的句子，所以一點也不會覺得那些台詞很噁心。還有一點，我認為是他最大的長處，就是這個人導演的作品永遠都很乾淨，不論激情場面或猥雜的場面，都讓你看了後覺得好像看見了什麼被打理得有條不紊的廚房或是作業場所那樣。當然也有人說這是他最大的缺點（我們戲劇圈裡有一堆自稱「劇評人」之流）。

他們是這樣說的——

「不管再暴力的情節或再毀滅的劇情，由他處理出來，都讓人感覺好像就是個好孩子、優秀的孩子所創作出來的作品。」

梨木當然是在清楚這樣的意見之下去呈現出他的舞台。我認為他那種「清潔感」反而是他所刻意追求的，無論偶爾穿插在句子裡那些優雅得極不自然的日文，或演員站立的位置所呈現出來的空間對稱美感，在在都散發出這樣的氣息，而梨木那個人本身就比任何人都乾淨。反正，他的名字逐漸在我們這一行裡闖出了名號，小劇場有公演時，也開始能看到一些知名戲評跟導演的身影出沒。

也就是從那時期起，我開始負責劇團的行銷公關。依我的性格，這真的是破天荒的奇事，可是只要是跟劇團有關的，就算是第一次碰面的人，我也能毫不害臊地大力跟對方推薦我們的劇團，梨木就說我是「這個劇團裡最愛這個劇團的人」。

我當然把那當成了梨木的讚美之詞，大方接受。雖然也不是沒想過，當了行銷後就沒辦法實際參與劇團的創作了，但如果能換一種方式博得梨木的讚美，對我來說也是無上的喜悅（雖然他明明就比我小兩歲）。我相信他的才華、他的熱情，決心要把我們的劇團發揚光大。

那已經是二十年前的事了。

我今年四十四歲。梨木的劇團歷經幾次解散又重組後，現在維持七名基本團員的規模。早期成員只剩下我跟一個叫做吉岡的男人。那個吉岡臉紅紅地、人肥肥，從二十幾歲起就超適合詮釋中年男子。隨著劇團的名號漸響，吉岡在連續劇、電影或偶爾接拍的廣告裡扮演兩光中年男的角色好像反而讓他以一種「完全不會老的男星」之姿逐漸走紅。

我們劇團可以說是成功了。不，應該可以說是非常成功吧？梨木在二十幾歲到三十幾歲的時候就已經拿遍了各大戲曲獎項，成為只要是跟戲劇界沾上一點邊的人都知曉的名字。他也推出過大型舞台劇，採用知名演員，也拍了兩部電影。雖然沒有紅透天，不是家家戶戶人盡知曉的那種，可是在我們業界的評價很高，更重要的是，他工作從來沒有斷過。

到目前為止，究竟有多少人跟我說過了「恭喜！」這兩個字呢？梨木拿下了戲曲獎的時候、舞台成功的時候、有人找梨木拍電影的時候。

「好厲害呀，恭喜恭喜！」

「恭喜呀！」

我有自信，在行銷方面能做的我都做了。所有的時間，我都花在工作上，沒有一點私人的時間。連去喝酒聚會，也都是為了劇團，手機裡登錄的也全是工作相關人等的電話（過了三十歲之後，我連跟我媽都沒有聯絡了）。回到家裡，還會看其他劇團的ＤＶＤ進修，放假時，則實際到其他劇團走走。

只有一次，交過一個男朋友。不，那一次應該說是差點交了一個男朋友，但後來很快就沒了聯絡。現在我依然單身，也依然還是處女（但梨木已經結過了三次婚，跟三個老婆共生了五個孩子）。

我當然很高興看到我們劇團愈來愈茁壯、愈來愈有名，我感覺好像自己的努力獲得了回報，更讓我由衷感到幸福的是梨木的才華擄獲了世界的認可。

「恭喜呀！」

不曉得什麼時候，聽到這句話的時候，它好像只會輕輕穿過我的身體，飄往別處。

每個人看到我，看到的都不是我，而是梨木。這點我非常清楚，也明白這樣才是正確的。可是空虛感不斷脹大，我感覺自己彷彿只是一片濾網，而且不是讓空氣變得美好的那種，而是沾黏了很多塵埃的那種。

有一天，我發現自己被周遭的人稱為「門神」。

門神的意思，是說我的所作所為不但沒有為劇團加分，反而絆住了劇團的成長。知道被人這樣戲稱的那陣子，剛好也聽說了外頭謠傳我對於梨木抱有超乎劇團總監的情意。有時梨木會好像忽然想起什麼一樣，說劇團之所以有今天，都是身為行銷的我的功勞。

「是小雪強大的熱情，把我們帶領到今天這地步！」

梨木會在大家喝酒聚會時大大方方說出這樣的台詞，這是梨木這個人的優點。剛加入劇團的新成員因為景仰梨木而連帶地也對我抱持了感恩之心，可是，我的心靜如止水。

不曉得從什麼時候起，梨木變得會觀察我的臉色。像剛剛那樣的話，他肯定也不是因為正好那麼想才那麼說的，是為了要保護我的自尊吧？我知道他沒有透過我，私底下另接工作，也知道吉岡好像就是靠這樣才走紅的。

我的容身之地就在這裡。我很清楚，而且我除了這裡也沒有別的地方。離開這裡的話我該怎麼辦？我不知道，但我也開始覺得現在好像是**靠別人施捨我**一個容身之地一樣。大家會觀察我的臉色，說聲「妳請這兒走」，像這樣的感覺。

是梨木跟我說，妳要不要休個假？

「妳太拚了啦，而且這段期間劇場也沒什麼事，妳就休個長假，出國去玩一趟吧？」

我全身冷涼。這該不會是擺明了要開除我吧？一開始我這麼懷疑。

「妳就讓身體好好休息一陣子，充飽了電再回來吧！」

梨木彷彿看透了我的心思，又這麼補了一句。這個男人就是這樣，總是能搶先一步看穿我的不安與憂慮，幫我轉圜回來，所以我什麼也不能回，每次都這樣。

決定去芬蘭，因為那是歐洲裡離日本最近的地區，況且七月正好是最合宜的季節。

「小雪，妳以前不是很喜歡阿基．郭利斯馬基[6]嗎？」

梨木的話也有不小影響。的確，比起姆米[7]或瑪莉美歌[8]這類在日本很紅的所謂「北歐療癒品牌」，我更喜歡郭利斯馬基兄弟電影裡那種有點幽暗悵然的芬蘭。當初聽說他們兄弟倆還經營了酒吧，我就說我有機會的話也想去看看。看來，梨木是記得了我的話了。

夏天的赫爾辛基很美好。景色全像是用嶄新的顏料畫出來似地鮮豔，人們都很放鬆，害羞友善地打招呼。我換搭了路面電車到市區閒逛，看見《地球之夜Night on Earth》裡的那輛計程車開著閒晃的那個廣場時，居然還試了自拍這種很不像自己的行為，真是有點太嗨了。

可是到了晚上，「自己一個人出國度假」的這種情況讓我不知所措，一想到梨木這會兒不曉得正在幹嘛，我忽然焦慮了起來。通常劇場沒事時有些團員會去其他劇團客座表演，也有人會像我現在這樣出國玩。

但梨木那個人是一休假就會徹底休個夠的男人。通常他會帶他老婆跟小孩去長野的山莊度假，那段期間，他既不接手機也不回郵件。不是收不到訊號，而是故意這麼做。我當然也知道那是他進行下一次創作之前的重要充電時間，但有時候我還是會莫名覺得火大。

我在小餐館裡吃著鮭魚湯跟麵包。不曉得梨木現在是不是也在山莊？會不會正帶著他老婆跟新的小孩一起散步？要不要拍下餐點的照片寄給他？我腦中

6. 阿基・郭利斯馬基 Aki O. Kaurismäki，一九五七～：芬蘭導演、編劇，為芬蘭電影代表人物。

7. 姆米 Moomins：芬蘭作家朵貝・楊笙所創作的童話家族。

8. 瑪利美歌 Marimekko：以印花藝術馳名的芬蘭生活風尚品牌。

一瞬間閃過這些念頭，但當然沒真的這麼做。咬下一口麵包，靜靜配著湯一起嚥下。

走出那家店的時候，我心想，去酒吧看看吧。郭利斯馬基的那家酒吧。才喝了兩杯白酒，此刻已經有點醉了。我算是能喝的人，但可能一整天都在外頭走路，酒精吸收得特別快吧。

去了那家店後，就可以把照片寄給他，而不會顯得不自然了。我只是想讓他知道我正在跟他提過的那個地方，他沒回我也無所謂。

我邊看地圖邊走，沒兩三下就找到了那家店。客人多到滿出街外，遠遠就可以瞧見。店名是「CORONA」。店內擺了撞球桌，煙霧瀰漫在整家店內，話語聲迴盪在室內，感覺起來就是很「美好舊時光」那樣子的一家店，而且還是充滿八、九〇年代帶著猥雜氣息的店（隔壁是一家叫做「Kafe Mockba」的酒館，《沒有過去的男人The Man Without a Past》好像就是在這家以蘇維埃為意象的店裡拍攝。可惜門口掛著「CLOSED」的牌子，不過我人早就被CORONA的囂雜氣息給吸引過去了）。

我在吧台點了啤酒，然後想辦法找個位子坐下。我看大家都隨便亂換座位，也不曉得他們的規矩是怎麼樣的。啤酒冰得透心涼，苦味扎實，非常好喝。這會兒忽然想起來，我們去海外公演時，劇團夥伴也會在公演結束時跑來像這樣的酒吧慶祝，不過我自己一個人走進像這樣子的店倒是頭一遭。我回想了自己的這二十年時光。獨飲的啤酒上，反射了店內的綠光，映照成一種迷離的色調。

我轉頭看看四周，想先確認好廁所在哪裡。看起來，好像是在吧台後面通往地下室的樓梯那邊。我伸長脖子一看，樓梯口掛了個「Dubrovnik」的霓虹字樣。

「啊……」

愣怔出聲。《流雲世事Drifting Clouds》裡那個主角工作的餐廳！我馬上就想起來了。

偷偷上網查，發現這個「Dubrovnik」只有在上演舞台劇或放片之類辦活動的時候才會營業，所以它現在霓虹燈亮著，表示正在營業中嗎？有什麼舞台劇正在上演嗎？想到一半，人忽然坐不住了，好不容易來了芬蘭，至少要離舞台劇遠一點吧？但又好想看。搞不好可以學到什麼新花招應用在劇團上？我只要一嗅聞到跟「舞台劇」有關的氣息，馬上忘我。

心想至少把這杯啤酒喝完。調整了一下心情，開始拍攝店內。看起來像是十幾歲的年輕人、下顎留滿鬍子，全都白了的老人、貌似女同志的一對年齡相差滿多的伴侶。大家手上都拿著酒杯，各有各的舒適、各有各的自在。放眼望去，似乎只有我一個亞洲客人，可是沒有人對我投以注目禮，大家都沉醉在自己的時光中。

那種光景會讓人回想起年輕時候的下北澤，好像人人都有種「拿命在喝」的氣魄。店一點也不雅致、一點也沒有「北歐療癒系」的影子，可是就是這種亂嘈嘈的氣息讓人好生懷念。

「我現在人在郭利斯馬基的酒吧耶。」

打下了這幾個字，附上照片，但我沒按下「傳送」鍵。

他們說我是門神。

對梨木抱有超乎劇團總監的情意。

為什麼我人比在日本時更執著於這些傳聞呢？此刻日本是傍晚了，梨木可能正在跟他老婆一起準備晚飯。那個眼睛如貓一樣汪汪大眼的女人，是以前來參加過劇團遴選的年輕女星。

「恭喜呀！」

婚禮上（雖然梅開三度，梨木還是不忘乖乖辦婚禮），梨木聽見那句他已經聽了好幾次的句子時肯定也毫不扭捏地就大大方方接受了祝福吧。那句無疑是獻給他、獻給他人生的祝福語，肯定美好而光潔地駐留在梨木身上。

「恭喜呀！」

跟被獻給我時截然不同。

我閉上眼睛。好安靜。店內這麼喧鬧，我腦海裡卻寂靜無聲。這片寂靜，究竟是什麼時候起開始停留在我腦內？是梨木第一次結婚時？是我不知情的時候有人來邀他拍電影，而他也答應了的時候？

「Hei Hei。」

耳邊忽然響起聲響。我愣愣地睜開眼睛，看見一旁站著一位初老男士。Hei Hei是芬蘭人跟人打招呼時說的話，更親暱一點，會說Moi Moi。這無比輕柔的招呼語，讓我在停留芬蘭期間無數次鬆開了眉眼。

「Hei Hei。」

我一回應了之後，對方攤開一疊票券給我看。我不禁心生警戒，但他馬上露出一臉友善的笑，開始跟我比手畫腳起來。我努力想聽懂他的意思，他好像說是他拍的電影現在正在Dubrovnik放映。那些票券上印的是芬蘭語，除了文字以外什麼也沒印，完全不曉得內容是什麼，可是我一聽見電影兩字，情緒馬上高漲了起來。

「電影？」

「Yes。」

男人留著一頭及腰長髮，可是完全沒有任何一丁點嬉皮或雷鬼的味道，感覺好像只是活著活著頭髮就長了。非常自然的感覺。

我問了價錢，居然跟一般學生獨立製片的票價差不多。男人對著驚訝的我又補了一句。

「This is my first movie。」

眼神發亮，欣喜難掩。他手上還剩一堆票。這部不推銷給像我這樣的觀光客就沒人看的電影的上映，讓這初老男人高興得臉頰都紅了。但在場的人，看起來沒有半個人笑話他，每個人只是各自珍惜著即將逝去的夏天。

「Congratulations。」

我很自然地這麼說。

恭喜你。

恭喜你的第一部電影能在像這樣的場地放映。恭喜你，因為不認識的我買了這樣的一張票。我不知道它的內容，但我買下了這張我肯定連一句話也聽不懂的「獨立製片」電影票。

付錢給他的時候，男人臉上綻放開來的笑靨，完全吻合了「笑逐顏開」這字眼的定義（跟我把紙幣遞給他時，刺在他手上那笑容圖像一模一樣）。

我忍不住又用日文說了一次。

「恭喜你。」

「恭？」

他回問。我說是Congratulations的意思，他好像小孩子一樣又要求再聽一次。

「恭喜你。」

我一字一字清楚地說。

「恭、喜、妳。」

他回送給了我這句話。腔調怪得都快讓我噗哧出來了。

對，他送給我，那句話。

「恭喜妳。」

恭喜。我都忘記這字眼有多美好了。字眼本身的美好。

一個人向另一個人祝福的時候，不管那字眼背後掩藏了怎麼樣的信息，「恭喜」這兩字本身所透露出來的那份美好是獨立存在的。不會被任何因素污染。這兩字本身所擁有的那份高潔應該永遠也不會消失，永遠也不會晦濁。

「恭喜！」

我當然聽見了，腦內的聲音。那是努努嗎？還是菈菈？是沛沛？還是達達？他們回來了。噢不，他們不是回來了，他們一直都在。沒有任何人侵入得了的我的地盤上，他們一直都在。

「小雪，恭喜妳。」

這眼前景物只屬於我，我忽然這麼想。

沒有辦法跟誰共享也無所謂，應該說，正因為沒辦法跟人共享，它更只獨屬於我。這眼前光景，只為了我一人存在。

「恭喜。」

男人走了後，我還是這麼說著。

店內的燈光不知什麼時候已經改變，紅色照明映照在啤酒杯上。我把酒杯遞給吧台，站起來，準備去看電影。

飛龍背摔

我外婆是個很迷信的人。

說是外婆，其實是我外曾祖母。

她很迷一些趨吉避凶的作法，所有能招的福、能安的災，她都招了安了。都是一些從她外婆或她媽媽那邊傳下來的作法或她自己編出來的沒根沒據的怪招，譬如月初要吃有種籽的水果，然後把種籽埋在庭院、走出廁所時要先右腳踏出去、樓梯的階數如果是偶數，就要跳一階，把它踏成奇數，那些規矩作法，數也數不完。

當中她特別堅持的是念咒。出門時、有烏鴉從頭上飛過時、一直碰到紅燈時，總之一天到晚都在念念有詞念著某件事的咒語。

「請許方位。」

有時是像這樣聽得懂的（這是把筷子擺在桌子北邊時念的[9]），有時是像「翁婆三婆A梯新野天颼瓦卡」這樣完全聽不懂的（這是鎖門的時候念的）。

我沒有爸爸媽媽。呃……也不對，我有爸爸媽媽，但因為某些原因他們住在很遠的地方，所以讓我媽媽這邊的（曾）外公跟（曾）外婆把我扶養長大。不過我外公在我四歲時就死了，所以實際上我是讓我外婆一個人帶大的。

我從沒見過我真正的外公與外婆（也就是我媽的爸爸跟媽媽）。因為外婆從沒跟我提起過他們，也沒拿他們的照片給我看過。聽附近的歐巴桑們說，我外婆當年熱中於搞學運，很年輕時就懷上了我媽，生下來後又把我媽丟給（曾）外婆跟她朋友們照料，自己繼續忙著「革命」（最近才聽說她因為搞那些運動的關係還進了監獄）。

至於我爸，我從沒見過，好像是非裔人士，我長得應該比較像我爸，而不像我媽吧。我的嘴唇厚，睫毛翹得離譜，一頭又粗又捲的所謂黑人頭加上一身

9. 日本習俗中北方為死者方位，因此請求死者允許。

黑紅色的肌膚，讓我看起來絕對不像個日本人，所以每當我說出流利的日文時，第一次見到我的人絕對會嚇一跳（可是我也只會說日文哪），當我穿上國中的水手服，看起來簡直像在玩扮裝遊戲。

我媽雖然住得很遠，但有時也會忽然跑來。她把頭髮編成了所謂的「辮子頭」，指甲留得很長，塗上帶亮片的紫色或螢光粉指甲油，有時連嘴唇也塗成紫的。但她不像我這麼黑，她的皮膚白皙，所以那嘴巴在她身體上看起來好像是完全不同的異生物。

我媽是真的很羨慕我的膚色跟頭髮。我的嘴巴的確完全不會被紫色或螢光粉給比下去，頭毛也是多得怎麼編都還是很蓬。

「Jueru好可愛喔～」

Jueru是我的名字啦。寫成漢字是樹繪瑠。

名字好像是媽媽取的，可是外婆很討厭這名字，所以另外叫我「喜惠」

——為喜所惠。聽說跟我的姓氏合在一起，筆劃超讚。我出生時，聽說外婆很努力推銷過這名字，但被我媽一秒否決了。也對啦，按照我媽那個人的個性，一秒否決完全不奇怪。其實我也不太喜歡我外婆在外面那樣喊我，因為她只要在外面一喊「喜惠～」大家都會轉過頭來看我。

「嗄……？這孩子叫喜惠？」

就是這樣。

每次我媽媽來我家，外婆都會擺出一臉厭惡，其實我媽也不是來跟她要錢或什麼，只是她那妖女般的妝容跟大露背的洋裝好像觸犯了我外婆的大忌。

「紫色嘴唇？妳是鵺嗎？」

「全身上下就肩胛骨的地方，最不應該著涼啊。」

媽媽跟外婆，事事不對盤。的確，我有時候看見我媽牙齒上沾著紫色口紅也會被嚇一跳，看見她刺在肩胛骨那邊那麼大一條青蛇，也感覺她的體溫好像很低。

「怎麼會變成那樣哪。」

我媽以前住的那房間，被她用噴漆噴得亂七八糟（我媽說「那是塗鴉藝術啦」），後來我外婆把它重新粉刷過。更早之前，則是我媽的媽媽的房間，堆滿了搞學運的安全帽跟傳單，連個走路的地方都沒有。我外婆說，每天晚上那批搞學運的人都會窩在那房間裡，真的讓她很受不了。

「那間房間被詛咒了啦。」

那間被詛咒的房間，現在則是我在用，牆壁四角貼滿了外婆求來的符咒，實在很像結界。我不管貼上再帥的海報都沒辦法壓過那些符咒的威力，現在乾脆死了心。

「妳那張臉長成那樣，千萬不要搞什麼奇奇怪怪的花招。平凡就好，平凡最好。不要亂搞什麼花樣才不會惹上髒東西，知道嗎？」

我外婆那些符咒跟趨吉避凶的一大堆花招，都是為了要保佑我不會沾上「髒東西」。比起幫我招好運，更像是幫我避邪用的，所以如果我有時候忘了要念咒或招福祛災，我外婆就會很火大。

「萬一沾上髒東西怎麼辦！」

我外婆說的「髒東西」之於我到底是什麼樣的存在，我也搞不清楚，但她既然說「髒東西」，那氣勢就讓人覺得那髒東西肯定髒到嚇死人。

所以我一直很認份地照著我外婆吩咐的做，而且反正從小被念到大也習慣了，現在我不管做什麼事都要趨吉避凶、念上幾句咒語，不然反而不安心。

除了我媽之外，很多形形色色的人也會進出我家。

這些人幾乎都很信神明，深信消業解厄、念咒、保平安之類的。也就是說，以老人家比較多，不過也有像我這樣的年輕女生會被外婆或奶奶帶來，也有跟我媽年紀差不多的。

大家都跟我外婆一樣怕惹上「髒東西」，她們會讓我外婆教她們念咒（我外婆的咒語存量簡直沒個底，永遠都問不完），不然就是講她們自己有哪些消災解厄的妙招，剩下的，就是一直抱怨生活小事了。諸如隔壁老王老是把剩飯倒進水溝裡、媳婦懷孕了還不戒菸、退休後另一半變得很憂鬱等等，真的是五花八門，什麼怨言都有，不過最後，她們一定會把問題都歸咎給「髒東西」、「卡到陰」。

「吉岡她人本來很好的，怎麼會突然變那樣哪？」

「最近眼神都變啦！」

「一定是卡到陰了啦。」

「把小孩丟著不管，自己在外頭路上喝喝走走，是沒有母愛了嗎？」

「沾到髒東西了啦！」

「髒東西」的威力真驚人。

來我家的全是女人，但有一個男人例外，被大家允許進出。那是一個大家都喊他「歐吉桑」的清瘦男人。

聽說他以前不曉得是大學教授，還是研究員，這方面大家的說法不大一樣，不過反正歐吉桑很博學，而且涉獵非常廣泛，從宇宙到小說到宗教到摔角到貓到歷史到時尚，無一不知、無一不曉，不過現在好像沒有工作（其實他一直都沒工作），住在家裡靠他媽的年金過活。歐吉桑把他多到有剩的所有時間都投注在追求某些知識上，但那些知識又絕絕對對不會產生任何實際效用。

長年不工作再加上在家啃老母的行為讓他成為眾女人批判的對象，但他的博學又使他深受女人家們敬仰，再加上他有許多能令婆婆媽媽們羨慕到流口水的「神祕體驗」。歐吉桑那個人啊，隨隨便便就能看見別人的魂魄耶（到了我這種等級，連在白天也看得到），也能讓神明降駕附體在他身上（外婆就讓他請駕了阿公好幾次），他稍微一集中意識，魂魄就能飛到別人家（有一個叫做益子的人，她家的火災就是這樣被歐吉桑發現趕緊示警的）。

歐吉桑的優點，在於他不會靠這些事情來要求金錢上的回報，也不認為這些能力有什麼了不起。他就只是平常心接受那些發生在他身上的現象，而且就如同他豐富的學養一樣，歐吉桑看來完全不打算靠那能力做些什麼。他自己說，他只要像這樣不時來我家晃一晃，他就很開心啦。

歐吉桑喜歡女人。不管是像我外婆這樣滿臉皺紋的女人，或是肥得像汽油桶一樣的歐巴桑，只要是女人，歐吉桑便會自動臣服於石榴裙底下，不管跟他說什麼，他都會眉開眼笑喜孜孜。

「女人真是人類的太陽哪。」

「女人光是活著，就是這麼美好的存在啊。」

他會說這些肉麻得令人起雞皮疙瘩的台詞，讓一票婆婆媽媽們笑到合不攏嘴。大家都喜歡歐吉桑，大家都喜歡這個地方。

升上高中時，外婆死了。一大早，我發現她倒在廚房裡不動（人一死，動詞就自動成了「發現」）。

味噌湯誘人的香味、油氈地板的污漬、冰箱上貼的一大堆磁鐵，稀鬆無奇的一樣樣日常景象中，我外婆**死了**。我無法相信。她就倒在平常她總是忙進忙出的廚房裡，這件事也叫我難以相信，她身體正在逐漸冰冷也讓我無法接受，我也沒辦法相信她真的不會再睜開眼來（不知如何是好的我只好躺在地上陪著我外婆，是後來歐吉桑自己跑來我家發現了我們）。

外婆的喪禮上，我第一次看見了我真正的外婆。之前因為聽說她進過監獄，該怎麼講，以為應該會是更剽悍一點的人，沒想到個子嬌小，長得跟我外婆並不像（外婆個頭很大）。這個剃了一頭近乎光頭的超短髮外婆，給人的感覺很柔和，是個美人。

「妳是Jueru吧？」

我很難相信這個人居然就是我外婆。

「妳可能不記得了，妳小時候看過我啊。」

這個人講著漂亮的標準話，感覺起來就是一個標準的美女，而不是什麼「外婆」。

我以為「外婆」應該是更滿臉皺紋的，一靠近，會感覺有種發酵味，頭髮全白、髮質毛躁（對，就像現在正躺在棺材裡的那個外婆一樣），應該是這樣。可是眼前這個人的皮膚光滑，只有笑起來時眼角好不容易才會擠出幾條皺紋，穿著喪服卻讓人一眼就知道她很會穿衣服，露在寬鬆褲腳外的腳踝看來也緊繃有彈性。

我很誠實講出了我的看法，外婆（感覺好複雜啊，以後都叫她「媽媽的媽媽」好了），很高興似地笑了。

「因為我每天都吃自己田裡種的新鮮蔬菜呀！我是絕絕對對不會碰什麼香菸之類的，更不可能吃那些亂七八糟的東西，所以我身體很健康唷。」

亂七八糟的東西？我問，結果從媽媽的媽媽口中竄出了一樣又一樣的食品名稱，而對她說的那些食品應該統統來者不拒的我媽（拜託，她帶給我的「伴手禮」都是肯德基、麥當勞那一類，而那一類正好是她媽口中所謂最「亂七八糟的東西」），此刻人正在離大家有點遠的地方抽著American Spirit。直到剛才她還哭得亂七八糟，現在已經收了眼淚，正在恍神發呆。

媽媽跟媽媽的媽媽一點也不像（不像到了幾乎難以相信她們有血緣關係。我跟我媽也不像到了極點，所以初次見到我們的人肯定不會發現我們原來都是一家人吧）。

「哎，那孩子就愛喝那些。」

我媽正在喝守靈夜拿來招待客人的可樂（歐吉桑包辦了所有雜事）。媽媽的媽媽提到我媽時，只叫「那孩子」，那天直到最後，我也沒看見她們兩人交談。

「那種東西有毒啊。」

之後我每次喝可樂時都會想起我媽的媽媽當時一臉不屑說出的這句話。可樂，有毒啊。

外婆去世後，我開始跟我媽一起住。本以為她住在很遙遠的地方，沒想到很近，而且跟她同居的男友也一起搬來了。

她的男友是牙買加人，名叫達米安，比我媽小七歲，在市內一家雷鬼酒吧打工。

達米安也搬來一起住後，我家的「全家福感」忽然大增。我看起來反而還比較像是達米安的女兒（或妹妹）而不像是我媽的女兒，而且我們三人走在一起時，感覺周遭的人好像也比較能接受，不像以前我跟我外婆一起出現的時候。

我媽把我的頭髮編成了辮子頭（她開了一家專編辮子頭的髮廊，生意很好，但想當然耳，我外婆從來沒告訴過我）。家裡整天放著雷鬼音樂，掛起了雷鬼色系跟鮮豔的花布。廚房裡，達米安烤的牙買加煙燻烤雞、媽媽叫的外送披薩跟媽媽的媽媽宣稱「有毒」的可樂取代了燉菜、烤魚跟醬菜，成了常見餐點。

「媽，妳媽說可樂有毒耶。」

「嗄？那個人還在這樣講啊？」

我媽的媽媽叫我媽「那孩子」，而我媽則叫她媽媽「那個人」。

「還在講？」

「對呀，我小時候她就變成那種所謂的有機飲食崇尚者，煮的飯都是土色的耶，沒滋沒味難吃死了。那也就算了，那個人什麼事都可以扯到陰謀耶，什麼都是美國的陰謀，所以我們才吃白砂糖啦。」

「是喔？」

「對呀，拜託，誰在乎那種事啊～而且砂糖那麼好吃，陰謀陽謀都無所謂啦。我小時候一直想，等我長大後我一定要吃很多洋芋片、麥當勞、可樂跟冰淇淋。」

「妳願望實現了嘛？」

「實現啦～！超讚耶！真的。」

我跟他們兩個人一起住之後，變得愈來愈肥，以前的褲子都不能穿了，T恤也是，腋下好繃，都沒法穿了。

「這樣才好呀，Jueru，妳這樣有點肉才好看！」

我媽跟達米安像我這樣吃也不會胖。

「牙買加的女生因為太想要有大屁股，聽說連肉雞的飼料都吃耶！」

家裡的變化實在太大，但最令我震撼的，是我媽居然把我家的符咒全都撕了。外婆以前那樣處心積慮，祈求著能消什麼災、解什麼厄，一邊念著求神詞一邊貼上去的符咒，我媽居然乾乾脆脆就把它們全撕了，難以置信！還不止呢，我媽還在撕掉的地方貼上很誇張的貼紙（她好像已經不玩塗鴉藝術那一套了），不然就掛上不一樣的布，徹頭徹尾消除掉我外婆的痕跡。我好擔心她會不會是沾上了「髒東西」，擔心死我了。

但是看起來沾上「髒東西」的人好像是我？我家的鄰居們——尤其是以前很信我外婆的那些人開始避著我，大家看見突然變肥、綁了辮子頭，偶爾又塗了紫色指甲油還穿得很暴露的我走在街上時，紛紛皺起眉頭，也不管那是不是我媽要我打扮成這樣的。

「沾上髒東西了啦。」

只有歐吉桑還照樣往我家跑。

雖然那些婆婆媽媽都不來窩在我家了，歐吉桑好像也覺得無所謂。他不曉得是太閒還怎樣，反而比以前還更常來我家。我媽頗中意不會東嘮叨西嘮叨的歐吉桑（「他從我小時候就很疼我耶」），而歐吉桑對於雷鬼這塊領域也很熟悉。他把他家的正統雷鬼Authentic Reggae、舞場雷鬼Dancehall Reggae甚至連雷鬼動Reggaeton還什麼的舊七吋黑膠都帶來了，讓達米安佩服得嘖嘖稱奇。

「Amazing！」

有時候廚房裡會傳來一種類似甜杏香或什麼的香味，我問我媽，我媽只說是「香草」。歐吉桑每次吸了香草後，眼神便迷濛，人也更加饒舌了。

原本貼在家裡的那些符咒幾乎都被我媽撕光，但我房間還依然保留著結界的樣子。雖然也不是沒想過要把我房間裡的符咒也撕掉，但現在這樣，就已經夠讓我覺得背叛我外婆了，晚上我還會偷偷躲在我房裡求神（那求神的咒語也是我外婆教我的）。

「Bu-zi-sen-shi-bu-zu-hun，Yo-wo-ja-nyu-bao-pin-an。」

媽媽想丟掉的那些外婆留下來的遺物，後來也全部都搬來我房間，我的房間變得好像是我外婆的房間。我人在房裡，感覺我外婆好像就在我的身邊，外婆那「很外婆的味道」（我媽的媽媽絕對不會有的味道）也依然還在。

「Yo-wo-ja-nyu-bao-pin-an。」

新學期一開始，我就發現大家看我的眼神都變了。

從開學典禮我就備受矚目。我早已習慣了那種目光，也知道只要一兩個月過去，就不會有人再注意我，我就照我外婆說的，既不特立獨行也不特別引人注目，雖然我長得跟大家不一樣，可是只要大家開始發現我跟大家其實沒什麼不同，就不會有人在注意我了。可是問題是，我是真的變了。暑假期間胖了八公斤，頭髮又編成辮子頭，指甲油當然卸掉以後才去學校，但指根的地方還殘留著卸不掉的亮片閃呀閃。

很快地，我被老師叫去談話。當然這也在預料之中。我就照我媽交代的說，老師聽完後說「請妳家長來學校」。

於是我媽跟達米安就去了學校一趟。達米安那滿頭茂密的髒辮讓我們老師整個人被震懾住了，削弱了他原本想指責我頭髮「違反校規」的氣勢。

「Jueru的頭髮編成這樣是最好最自然的，我是不知道你們校規怎麼樣啦，可是你叫一個頭髮捲成這樣的小孩硬把頭髮燙直，要她跟其他小孩子一樣，老實說，你們這樣才是歧視吧？這樣真的是教育嗎？」

我媽那天罕見穿了一身俐落的黑，但她把妝容也搭成黑色系，黑醋栗似的唇色、眼周也塗成黑的，連鼻環也是黑的。

達米安則在一旁用他生澀的日文幫腔，說什麼否定我的頭髮就是否定他的髒辮，我看那大概也是我媽教他的。「那……你們提出證明，證明她頭髮是天生自然捲。」

就這樣，我成了我們全高中裡第一個被允許用自己天生「自然捲」的頭髮編髮（以及向學校提出「天生自然捲證明」）的學生。

我媽意氣風發。她那講到我們老師張口結舌的戰鬥姿態如果被我外婆看到了，大概又會說她是「沾到了髒東西」，要給神明淨一淨才可以。不過我媽非常滿足，幾天之後，我意外發現她那樣子跟她媽超像。

我媽的媽媽依然沒消沒息。我以為大概喪禮之後就不會再看到這個人了吧，沒想到，居然在出乎意料的地方見到她。

我媽的媽媽出現在電視上（實在很饒舌，以後都說她名字好了，裕子女士）。原來裕子女士出了一本書，好像掀起了不小話題，開始在電視上以「ㄗㄨㄛˇ ㄆㄞˋ ㄌㄨㄣˋ ㄎㄜˋ」（後來我查了一下，發現是「左派論客」）之姿與許多人士議論。那本書的書名是《一直被強暴的你我他》。聳動的書名再加上裕子女士銳利的外貌，似乎帶給了觀眾不少震撼，於是開始看得到裕子女士出現在各種場合上。

我媽不喜歡看到她（只要看到裕子女士，她就馬上轉台），所以我只能背著她看。但裕子女士毫不留情，唇槍舌劍一個個戰勝那些「ㄧㄡˋ ㄆㄞˋ ㄌㄨㄣˋ ㄎㄜˋ」（當然是「右派論客」）的姿態，實在是跟我媽戰贏老師的樣子很像。還好我外婆已經過世了，不然要是讓她看到裕子女士那樣子，她一定也會說裕子女士「卡到陰」卡得很嚴重。我為裕子女士祈福啊。

「Yo-wo-ja-nyu-bao-pin-an。」

夏日暑氣和緩下來之時，歐吉桑的母親走了。

我以為歐吉桑他媽已經快要九十歲，沒想到是高齡九十八歲的仙逝（所以歐吉桑一直啃老一個快一百歲的老媽）。我跟附近的婆婆鄰居們許久不見，原本還有一些避諱著我的她們，大概也覺得在別人喪禮上還那麼小心眼的話有點不好意思吧，更重要的是她們發現我根本沒變之後（雖然外貌有了劇變），也慢慢敞開了心懷跟我聊天。

根據她們的情報，歐吉桑今年好像六十一歲，之所以看起來顯得年輕可能是因為身形清瘦，又或者是因為他一直活得沒什麼壓力，反正歐吉桑是獨子，長年備受溺愛。

歐吉桑在喪禮上一直哭得亂七八糟，完全不管別人目光。我是第一次看見成年男子哭成那樣，大家也都被他引得淚水唏哩嘩啦地流，連第一次參加日本喪禮的達米安也紅了眼眶（不過他每次吸完香草後也會那樣）。

裕子女士也來了。不曉得是不是歐吉桑邀她的？我忽然覺得，好像每次看到她都是在喪禮上？也許是因為她時常在電視上露臉，又或者是因為只有在喪禮時她才會出現，在場眾人全都有意無意偷瞄著她。唯一一個完全不看她的人是我媽。她輕撫哭得淚眼婆娑的歐吉桑後背，一邊炫耀似地喝著有毒可樂。

外婆走時也是在這個會場辦的。後來告別式結束後，她就被直接送到旁邊的火葬場焚化，接著進了這裡的墓地。我想去探探外婆，走出了會場。那時候外婆的守靈夜結束後還有很多人來給她拈香，但如今會去探她的墓的，卻只有小貓兩三隻了。也許這才是常態吧？

外婆的墓前供著美麗的鮮花。上次我來時大概是兩個禮拜以前，所以那之後一定有誰帶了鮮花來吧？偌大的白菊，看起來好像是什麼正對著我咧開嘴笑的生物。

我穿著制服，直接坐在地上，因為蹲著腳會麻。身上這一件，也是因為原本的穿不下了，我媽只好上網去跟一個以前我們高中的畢業生廉價買來的XL號，裙褶處已經磨得發了光，不曉得以前穿它的人是什麼樣子的人。我恍惚地想，忽然間聞到一股菸味。轉頭一看，歐吉桑正站在旁邊。

「歐吉桑？」

他沒回話，默默在我身旁坐下。我想說你今天不是主角嗎？跑來這裡好嗎？回神一想，主角應該是他媽才對。

「你累啦？」

他還在哭。一路哭著走過來。

「不是，我只是想來看看外婆的墓。」

「噢。」

他從口袋裡拿出提神薄荷糖FRISK，一吃就吃了一大堆。邊哭邊吃，完全沒有分給我。我以為薄荷糖這種東西是一定會分給別人吃的，有點意外。

「外婆啊，」

歐吉桑說。他口中的「外婆」當然是我外婆。

「外婆死了後，妳會不會寂寞？」

問了這種用膝蓋想也知道的問題。

「會啊。」

「現在也會嗎？」

「會啊。」

「很想她嗎？」

「很想哪。」

「是噢？我都不知道有沒有辦法撐過。我好寂寞、好寂寞、好寂寞啊，感覺我全身都快要四分五裂了。」

他說，用力揉了揉眼睛。

「真的好寂寞好寂寞啊。」

「該怎麼辦呢？」

「該怎麼辦呢？真的。」

在失去親人這件事上——尤其是非常親近的親人——我算是前輩。雖然不知道歐吉桑他爸爸走的時候是什麼情況，不過從他現在的樣子看來，很明顯歐吉桑此刻正陷入了危機，尋求我的建議。歐吉桑很悲傷，非常非常悲傷。

「不過呀，」

「嗯？」

「不過……那個……」

我想不出該對歐吉桑說什麼。不管我怎麼安慰他，都無助於改變他的悲傷。歐吉桑一直看著我，一直。糟糕了，正這麼想時……。

「喜惠啊。」

我聽見外婆叫我的聲音。

有時候我會像這樣聽見外婆的聲音，譬如媽媽幫我編頭髮的時候、身體隨著雷鬼節奏搖擺的時候、看見媽媽把外婆貼的符咒撕掉的時候、我想以Jueru的身分活下去的時候。

「喜惠。」

曾經那樣討厭的名字，如今卻這麼地令人眷戀。我很喜歡以Jueru的身分活著，很輕鬆，可是我又覺得「喜惠」應該才是我吧？這令人好痛苦，真的好痛苦。

「我啊，我超喜歡我外婆耶。」

我想這可能不是歐吉桑想聽到的答案，應該不是，可是我想老實講出來，畢竟七十一歲的歐吉桑正對著十五歲的我，這樣使盡全力地哭給我看呀（但絕不會分給我薄荷糖就是了）。

「我知道，我也是。」

「你也是喫，很喜歡我外婆。」

「是啊，非常喜歡，她那個人像太陽一樣吧。」

「是啊。」

「不對，應該是月亮？火星？曖，還是木星？」

「反正你很喜歡她就對了？」

「很喜歡哪，當然。」

歐吉桑又用力抹了抹眼睛。

「可是我也喜歡我媽媽耶。」

「噢？嗯。」

「很喜歡唷。然後像裕子女士呀，我媽媽的媽媽，我也覺得她很酷。」

「是噢？」

「該怎麼講，我覺得好像對我外婆很不好意思，因為她對我媽還有裕子女士……要怎麼講……」

「卡到陰嘛，她以前都這麼說。」

「是啊，然後最近呀。」

「嗯。」

「『Bu-zi-sen-shi-bu-zu-hun，Yo-wo-ja-nyu-bao-pin-an』，對嗎？」

「對呀，妳記得很清楚哪。」

「才不是呢，我最近連咒語都開始忘了耶。不是忘記要怎麼念，而是忘記要念咒。譬如跟我媽在一起的時候、看見裕子女士的時候，我覺得我好像開始忘記我外婆了。」

我的這副身軀裡頭流著我外婆的血、裕子女士的血、我媽媽的血。每一個都組成了我，每一個都是我。可是有時候，我感覺我好像快要垮掉了，我跟某個什麼稍微親近了一點，感覺就好像疏遠了另一個什麼、背叛了另一個什麼。不是像歐吉桑說的那種身體都快散開的感覺，而是更「卡到陰」的整個垮掉。

「對不起喔，我好像答非所問。」

歐吉桑沉思了好一會兒，一直凝視著我的眼睛。要是被其他人這樣看著，我大概會覺得很不舒服吧，可是對象是歐吉桑就不會。我想這大概也是他這麼人見人愛的原因，因為他絕不會帶給任何人壓迫感。

「妳喜歡職業摔角啊？」

歐吉桑問。他那雙被淚水盈濕的眼眶依然紅通通，看起來實在很像剛吸完香草的樣子。此刻，他的鼻子上正誇張地掛著兩行鼻涕。

「職業摔角？」

「對。」

「我也不知道算不算喜歡耶，只是聽你講過而已。」

「我跟妳講過藤波辰爾[10]的事嗎？飛龍？」

「飛龍？好像聽你說過。」

---

10. 藤波辰爾，一九五四～：繼豬木之後第二位進入WWE名人堂的日本職業摔角選手。

我知道藤波辰爾這個人的外號叫做飛龍，也知道歐吉桑超級喜歡他。

「藤波啊，有一招必殺技叫做飛龍背摔，是拱橋背摔的變形，把手腕跟脖子固定之後摔出去，所以非常危險。結果有一次啊，藤波自己封了這招不用了。」

老實說，我完全聽不懂歐吉桑在說什麼，但反正他好像不哭了，我就點點頭。

「可是他們維新軍跳槽到全日時，藤波又自己決定要解除封招。」

「噢。」

「當然也可能是主辦單位還是對方選手跟他講了什麼吧，可是到頭來，決定權畢竟是操之在藤波自己手上，對不對？不管是要封招，還是要重新使用那一招，都是他自己決定的啊。」

「嗯。」

「咦，剛講了什麼？」

「飛龍背摔。」

「不是啦，我是說之前，之前妳在講什麼？」

「噢，嗯……我外婆？」

「對啦，咒啦！我告訴妳，咒語或是趨吉避凶那些啊，都是我們自己決定要用的。那些都是我們為了要讓自己過得好一點才那麼做，如果反而被那些事情綁住，不是很可笑嗎？」

沒想到飛龍背摔居然會跟咒語在這種地方產生連結（呃，到底有沒有連結我是不知道啦）。歐吉桑又吃了一大把提神薄荷糖，他雖然開了一包新的，但看起來依舊沒打算要分給我。

「妳外婆啊，她生前不是在給妳下咒，她是愛妳、愛妳、愛到一心只想要妳幸福。這點在她死了之後，現在也依然沒有變喔，絕對。妳外婆對於裕子跟息吹（我忘了說，是我媽的名字），也是一直疼到了骨子裡呀。」

「是嗎？」

「是啊！『Bu-zi-sen-shi-bu-zu-hun，Yo-wo-ja-nyu-bao-pin-an』的那個，妳想想，『Yo-wo-ja-nyu-bao-pin-an』，不就是『佑我家女保平安』嘛。」

「真的？」

「我也不曉得，可是應該是吧，正常來說。其實意義什麼的根本就無所謂，那是咒嘛，就照著會讓自己過得好的方向去詮釋就好了嘛。」

「是嗎？」

「妳外婆她一直在說的是，佑我家女啊，裕子、息吹還有妳，保佑她們平安哪。妳不覺得很好吧，這樣？」

「嗯。那上面那一句呢？」

「誰知啊，我也不知道。」

「噢。」

「妳外婆她是掛心，所以才會碎念，可是只要她們兩個人過得好，其實她老人家也就無所謂了。我看她們兩個應該也心知肚明啦。」

「嗯。」

自由奔放的那兩個人，一直讓外婆操心不已的那兩個人。可是你看到她們的時候，真的可以感受到她們身上有種為人深愛的人所特有的爽健。不，應該說是深刻感受得到。

「妳沒有被誰下咒喔，念咒不是為了要咒妳，妳自己的所有一切也不是為了要咒妳。妳就是妳，比方說妳那頭頭髮、妳的膚色，當然這些都不是妳自己可以選的，可是妳之所以為妳，並不是因為妳的長相、妳的血液，而是當妳覺得妳就是妳的時候，那個妳就是妳呀。」

「噢。」

「妳自己定下心來就好了嘛！」

歐吉桑～～傳來了不曉得誰呼喚他的聲音。

「噢──」

歐吉桑～～聽起來有如歌般的那輕妙的呼喚聲，在喪禮的此刻顯得突兀，可是歐吉桑終究是不哭了，而且像他這樣被喜愛的人，真的比較適合開開朗朗的樣子。事實上，他也發出了可愛的聲音回應──「我在這～」。歐吉桑真的很喜歡女人呢，打從心底。

「我過去啦。」

「好啊。」

歐吉桑站起來時，膝蓋發出了「啵」一聲。

喪禮結束後，裕子女士來了我們家。雷鬼色彩，紮染裝飾，見到已經完全變了一個樣的家裡時她不禁皺眉，可是並沒有說什麼。她在外婆牌位前給外婆上了香，接著拿起她自己帶來的水壺不知道喝了什麼，肯定是沒有毒的某種飲料吧？

我打開電腦，一直看著飛龍背摔的影片。達米安放的雷鬼音樂好舒服，聽得人不由自主地跟著搖擺起了身體，我真的好喜歡雷鬼喔（還有從那時起，我忽然迷上了職業摔角）。

裕子女士不曉得什麼時候人已經不在客廳裡了。我感覺廚房那裡好像有人，偷偷過去看了一下，發現我媽跟裕子女士正在抽「香草」。兩人一起抽香草。

PLP0076

幸福咒語

作　者—西加奈子
譯　者—蘇文淑
編　輯—黃煜智
校　對—魏秋綢
行銷企劃—吳儒芳
內頁排版—綠貝殼資訊有限公司

總　編　輯—胡金倫
董　事　長—趙政岷
出　版　者—時報文化出版企業股份有限公司
108019 台北市和平西路三段二四〇號七樓
發行專線—（〇二）二三〇六六八四二
讀者服務專線—〇八〇〇二三一七〇五
（〇二）二三〇四七一〇三
讀者服務傳真—（〇二）二三〇四六八五八
郵撥—一九三四四七二四時報文化出版公司
信箱—10899 臺北華江橋郵局第九九信箱

時報悅讀網—http://www.readingtimes.com.tw
思潮線臉書—https://www.facebook.com/trendage
法律顧問—理律法律事務所　陳長文律師、李念祖律師
印　刷—紘億印刷有限公司
初版一刷—二〇二〇年十月二十三日
定　價—新台幣三五〇元
（缺頁或破損的書，請寄回更換）

時報文化出版公司成立於一九七五年，
並於一九九九年股票上櫃公開發行，於二〇〇八年脫離中時集團非屬旺中，
以「尊重智慧與創意的文化事業」為信念。

幸福咒語／西加奈子著；蘇文淑譯 . -- 初版 . -- 臺北市：
時報文化，2020.10
256 面；14.8×21 公分
譯自：おまじない
ISBN 978-957-13-8318-7（平裝）
861.57　　　　　　109011204

ISBN 978-957-13-8318-7
Printed in Taiwan